陶鸿飞 / 著

宣平溪畔

红旗卷起农奴戟，黑手高悬霸主鞭。

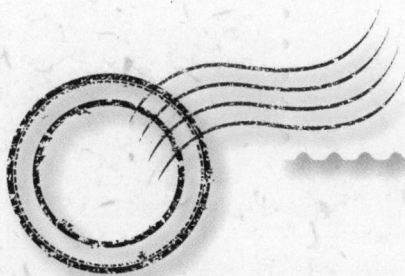

九州出版社
JIUZHOUPRESS

图书在版编目（CIP）数据

宣平溪畔 / 陶鸿飞著 . -- 北京：九州出版社，
2021.10
ISBN 978-7-5108-7570-0

Ⅰ. ①宣… Ⅱ. ①陶… Ⅲ. ①章回小说 – 中国 – 当代
Ⅳ. ①I247.4

中国版本图书馆CIP数据核字（2021）第197149号

宣平溪畔

作　　者	陶鸿飞　著
责任编辑	姬登杰
出版发行	九州出版社
地　　址	北京市西城区阜外大街甲35号（100037）
发行电话	(010)68992190/3/5/6
网　　址	www.jiuzhoupress.com
印　　刷	杭州万星印务有限公司
开　　本	710毫米×1000毫米　　16开
印　　张	10
字　　数	99千字
版　　次	2021年10月第1版
印　　次	2021年10月第1次印刷
书　　号	978-7-5108-7570-0
定　　价	45.00元

序　一

国之大者，必重其史。

武义骨子里有着红色基因。一九三〇年时全国红军数量为十万人，只有八万人口不到的弹丸小邑宣平（一九五八年大部并入武义县）建立了宣平北营、西营、南营、东营四营红军，俗称宣平红军，总人数超两千人，占当年全国红军人数的百分之二。宣平红军的正式番号是中国工农红军第十三军浙西第三纵队，红十三军是中国工农红军正式编制序列里的部队番号，是编入中央军委序列的全国十四支红军之一。

宣平红军的斗争足迹遍及武义南部山区，在远离中央、省委，缺少援助的情况下，在敌人的残酷围剿和白色恐怖中，全军将士以惊天地、泣鬼神的壮举，谱写了可歌可泣的英雄赞歌。

当年宣平红军的战斗事迹，今日读之，犹令人热血澎湃。三岩寺胡公洞一战，绝境之下，宣平南营一百多位红军战士跳下数百米高的悬崖。红十三军浙西第三纵队军事委员会委员、宣平南营红军党代表王湘被捕后，审讯人员用烧红的铜板烫王湘，用烧酒灌王湘的鼻孔，后又将王湘的背脊骨打穿，穿过绳子五花大绑，肩膀胛又钉了两枚锋利的铁钉，插上两支半斤重的蜡烛点天灯，游行柳城四门示众，头颅悬挂示众。王湘牺牲时年仅二十岁。红十三军浙西第三纵队军事委员会委员、宣平北营红军指挥邱金隆被捕后，押送县城，保卫团一路吹号助威。走到离县城五里路时，路两旁观者如潮，保卫团的号子吹得更响了。邱金隆站住不走，大声对吹号手说："你们号子吹得多难听，让我自己吹。"保卫团没有办法，只好给他松绑，随他自己吹着铜号进城。邱金隆拿过铜号边走边吹，还大声叫喊："我是红军头目满满，大家来看看啊！"脸上毫无半点惧色。满满是邱金隆小名，路旁观者听了，无不投以敬佩的目光。诸如此类壮举，举不胜举。

作者陶鸿飞先生供职于武义县融媒体中心，在多年的实地采访中，积累了大量有关宣平红军的史实，于是精心创作了这部纪实性文学作品《宣平溪畔》。今年是中国共产党百年华诞，《宣平溪畔》的出版为庆祝建党百年献上了一份很好的礼物，可喜可贺。

后之视今，亦犹今之视昔。红色故事震撼，红色精神永存！

是为序。

董三军

（武义县政协副主席）

2021 年 5 月 27 日

序 二

"红旗卷起农奴戟,黑手高悬霸主鞭。"阅览鸿飞君的《宣平溪畔》书稿,不时会联想到毛泽东主席《七律·到韶山》中的这两句诗。览毕全稿,掩卷闭目,心情仍然难以平静,眼前不断闪现着潘漠华、曾志达、吴谦、王湘、邱金隆、潘振武、陈俊等一批宣平早期共产主义战士带领父老乡亲,建立宣平东、西、南、北四营红军,肩扛鸟枪,手持长矛,高擎红旗,前仆后继,在宣阳大地上掀起波澜壮阔的农民革命暴动的情景。虽然这场轰轰烈烈的大革命遭到了反动势力的血腥镇压,但革命的种子已然在宣平溪畔这片浸染着革命先烈鲜血的大地上坼甲萌芽!

宣平是我的故乡,先父沈仁堂是当年宣平西营红军的一名战士,生前享受红军失散人员待遇,并获中共中央、国务院、中央军委颁发的"纪念中国人民抗日战争胜利六十周年"纪念章。父亲在世时,曾多次给我们讲述民国十九年参加红军抗租闹革命以及曾志达、吴谦、邱金隆等革命先烈英勇就义的故事，但都是零星的、片段性的。如今读了鸿飞君的《宣平溪畔》，对这段革命历史才有了更全面的认知：原来当年的宣平红军不仅拥有"中国工农红军第十三军浙西第三纵队"的正式番号，而中国工农红军第十三军是编入中共中央军委序列的全国十四支红军队伍之一，而且只有弹丸之地、8万人口的宣平县红军人数竟达2000人之多，占据了当时全国红军总人数的2%！这就是说，地处万山之中的宣平是中国革命的摇篮之一，而宣平红军自成立以来就是在中国共产党的统一领导下开展革命斗争的，这不仅足以告慰数以千百计的宣平红军先烈的在天之灵，而且更可激励后世子孙以家乡为傲，继承革命先烈遗志，陶冶涵养家国情怀，为国建功立业。

由于种种原因，宣平于1958年撤县，原宣平县境域分别并入武义、丽水、松阳等县市，给收集、整理宣平红军的史料带来诸多困难，以至于至今没有一部全面系统记载宣平红军革命斗争史的书籍。鸿飞君积十余年之功，重走红军革命路，勘察感受现场，采访老红军或知情者，收集第一手资料，并翻阅、检索、摘录、求证相关史料，认真进行梳理剔爬，构思、整理、撰写成《宣平溪畔》，客观真实地再现了当年宣平红军可歌可泣的革命斗争史。因此，《宣平溪畔》对全面、系统、翔实地反映宣平红军历史具有肇始发端之功，这是本书的一大亮点。

撰写地方革命史，大多会囿于局限当地。鸿飞君却能放眼全局，把宣平红军的革命史置于当时的历史背景下进行宏大叙事，这是《宣平溪畔》的又一鲜明特色。如"四一二"反革命政变的寒流不仅袭击上海等大都市，而且白色恐怖的阴霾同样笼罩着千山万壑之中的宣平，宣平红军暴动与中共浙西特委"浙西总暴动"、中共浙江省委"夺取浙江一省胜利"和中共中央"争取一省或几省首先胜利"的战略遥相呼应，宣平红军先后寻求与中国工农红军第十军、第十三军联系，并最终成为中国工农红军第十三军浙西第三纵队等等叙述，都体现了宣平红军不是在孤军奋战，而是与整个中国革命休戚相关命运相连。如此谋篇布局，使这部十万字的纪实文学作品，有了一种历史厚重感。

运用章回体的文学样式撰写革命斗争史，使纪实与文学融为一体，增强了作品的可读性与教育效果，这是《宣平溪畔》的第三个特色。写革命斗争史力求真实并不难，难的是在真实的基础上如何写出让读者喜闻乐见的作品。作者采用章回体的叙述体式，以双句对偶为回目，概括本回主要内容，揭示主题。每回叙述一个故事段落，既相对独立，又承上启下，既便于读者间歇阅读，也可激发读者一口气读完的阅读兴趣，从而收到了引人入胜的艺术效果，让读者在享受阅读快感的同时，润物细无声地接受了革命传统教育。

文学是语言的艺术。运用大量的宣平山歌、民谣和方言，使作品的语言更加丰富多彩，塑造的人物、叙述的事件更加形象生动，这是《宣平溪畔》呈现给读者的第四个特色。如山歌民谣有《农种歌》《种山歌》《买柴歌》等，其中《农种歌》："种山山有粟，种田田有谷；种起番薯火笼钵，种起苞萝水牛角。"民谣："泥水匠困灶旁，纺织娘没衣裳；买柴佬烧柴皮，编草席困光床。"前者描写了农民对丰收的美好希冀，后者诉说了农民终年辛勤劳作却仍然生活贫穷困苦，其中蕴含着农民受尽财主剥削之意，语言清新活泼，形象生动，富于张力。宣平方言有"火笼钵""开生突骨""刺窠柴篷""壁角弄头""风吹韵韵凉"等，如"风吹韵韵凉"一句不仅仅是"风吹送凉"的意思，而且还含有凉快、舒坦、惬意等文化意蕴，显示了宣平方言特有的魅力。

当然，《宣平溪畔》一书的特色并不止于上述几点，兹不赘述，相信读者阅读后自有更多心得。一言以蔽之曰：鸿飞君的《宣平溪畔》是一部思想性与艺术性俱佳的纪实文学作品。是为序。

沈志权

（教授，金华职业技术学院师范学院原党委书记）

辛丑仲夏于杭州

目　录

引 子

正月茶花笑盈盈，共产主义到宣平；
串乡挨村去宣传，划算革命起红军。

二月杏花闹洋洋，共产首领吴余芳；
带兵到处来暴动，农民齐心当红军。

三月桃花开清明，农民耕种忙春耕，
春耕夏种为根本，过了春耕再扎营。

四月蔷薇开夏季，一帮土豪真晦气；
四面八方红军起，作恶多端便处死。

五月石榴照眼明，营盘扎在羊虎坪；
可惜缺枪又少弹，炼造火药死了人。

六月荷花水面红，北营指挥邱金隆；
落在俞源打一仗，红军游击无影踪。

七月菱花水上漂，红军到处潜伏了；
保卫团丁真猖狂，各乡各村大围剿。

八月桂花满路香，军委委员是王湘；
上坦会议又败仗，稀里哗啦散了场。

九月菊花逢重阳，团丁到处搜山场；

抓到首领便枪毙，无名小卒坐班房。

十月芙蓉小阳春，吴谦买枪到兰溪；

逃到屋檐还拖去，搜去硬洋三千块。

十一月里雪里香，牢门接见来商量；

行文县长死人精，释放出狱要银两。

十二月里蜡梅香，过年诚心祭祖堂；

共产种子播宣平，慢慢商量再起营。

这首如泣如诉的宣平民歌，悲愤激扬，从民国十九年起，在宣平溪两岸已经传唱九十年了。

九十年，三万多个日日夜夜，垂髫变黄发，宣平溪两岸已经换了几代人。至今，仍没有人确切地知道，这首民歌是谁作的词，是谁谱的曲。

一个甲子前，由于行政区域变动，宣平县就已经从浙西南的版图上消失了。只有宣平溪的溪名犹在，只有宣平溪的溪水依旧不舍昼夜地流淌，也只有生活在宣平溪两岸崇山峻岭里的人们至今还记得：民国十九年，人口不到八万的弹丸小邑宣平，有两千多山民扛起了红旗，拿起了梭镖，闹起了革命，参加了红军。那漫山遍野挥舞的红旗哟，曾经染红了幽幽岩邑的千山万壑；那数千宣平红军流淌的鲜血哟，曾经淌红了千年万年流淌清清山泉水的宣平溪；那曾经悬挂在宣平县署门楼上的红军官兵头颅哟，曾经全都张着嘴，半睁着眼睛，有人说是死不瞑目，有人说是在等待聆听十九年后天安门城楼上那一声流淌着湘音的庄严宣告。

第一回
十里洋场倒春寒　腥风血雨小桃源

　　江南的气温，清明过后便节节攀升，起初是草长莺飞，到了谷雨，整个江南早已是繁花似锦。不过，"春天孩儿脸，一天变三变"。地方志记载，那一年是民国十八年，那一天是四月二十日，谷雨节气，一股强劲的寒流突然以秋风扫落叶之势南侵江南。

　　那一天，十里洋场的上海，寒风呼啸，租界里巡逻的红头阿三也不像往常一样威风凛凛，而是畏缩着身子逆风前行，瑟瑟发抖。入夜，气温更是骤降，整个上海滩上阴雨连绵，似乎回归了数九寒冬。

　　夜深人静了，法租界赫德路三楼一间老房子里，仍透着亮光。屋内，家徒四壁，因生着熊熊炭火，温暖如春，五个年轻人围坐在一张小方桌边，一边烤着炭火，一边用宣平话轻声交谈着："想不到今年清明过了还这么冷！""这应该是今年最后一波倒春寒了！"……叽里咕噜，说个不休。当中一位手持毛笔、正襟危坐、正在奋笔疾书的年轻人，听了众人的言语，停下笔，抬起头来，用诗一般的语言，高声对众人朗诵道："冬天已经过去，春天还会远吗？诸位，繁花似锦的春天，必定会来到人间！"那年轻人面前，铺着一叠毛边纸，毛边纸上的第一行，工工整整写着八个大字：浙江宣平党务报告。

年轻人名叫曾志达，二十岁出头，眉清目秀，公开身份是上海浦江中学教师，实际是流亡上海的中共浙江省宣平县委书记，正在给中共中央巡视员卓兰芳写宣平党务报告。

那一年，神州大地正笼罩在一片腥风血雨之中。

此时此刻，曾志达的内心，时而像屋外的阴雨一样冰冷，时而像室内的炭火一样熊熊燃烧。几个月前，正是年关时节，曾志达与中共宣平县委、各区委领导人吴谦、俞契琴、阮芝唐等十余人，匆匆忙忙从老家宣平逃到杭州避难，曾向中共浙江省委递过两份宣平党务报告，杳无音讯。一伙人无奈，又从杭州逃到上海避难，会合先前避往上海的县委委员陈俊，投奔在中共浙江

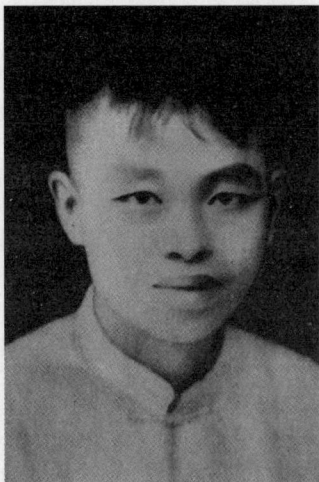

曾志达

省委工作的老乡潘漠华，又向中共浙江省委递过两份宣平党务报告，还是杳无音讯。今天，潘漠华带来消息，经过多方联络，可以直接向中共中央巡视员卓兰芳递交宣平党务报告了。

人在十里洋场，心却牵挂着千里之外的家乡。曾志达的家乡宣平县，远在千里之外的浙西南，往年的这个时候，早已是漫山遍野杜鹃花盛开，春意醉人。但今年不同，从去年年关开始，这个弹丸小邑的上空，便刮着阵阵腥风，下着阵阵血雨。那些省防军士兵和保卫团团丁，如狼似虎，一直在疯狂地追捕共产党人。春天早已到了，宣平的人间仍无春的气味。

潘文奇、黄山东、洪定荣等一批战友过年前就惨遭杀害了，头颅都悬挂在县署门楼上示众。据传过来的消息，那些悬挂在县署门楼上示众的众兄弟头颅，全都张着嘴，半睁着眼睛，似乎都在等待着什么。这几个月，隔几天，曾志达等人便收到从家乡传来的消息，又一批战友被杀了，又一批头颅被悬挂示众了；又一批地下党员、农协会员入狱了，听说柳城监狱都快要关不下人了，只得往杭州浙江陆军监狱解送。那些欠租、负债的乡亲们啊，不知道你们是如何挨过过年这一关的？那些身陷囹圄的战友们啊，不知道你们在县府大牢里是如何遭受折磨的？那些悬挂在县署门楼上的战友们的头颅啊，我知道你们是死不瞑目啊！想起这些，曾志达的心头不由得一阵阵悸痛。他时而沉思，时而挥笔，一年多来发生的一切，在他的笔下慢慢浮现。

"宣平！宣平！我亲爱的家乡，原本就诞生在一片腥风血雨中啊。"曾志达喃喃自语。

那是明代正统、景泰年间，那时候，老家的母亲河宣平溪还叫作畎溪。那一年，浙南处州、温州两郡几十处银矿的数万矿工因朝廷苛政，走投无路，在乡人叶宗留、陈鉴湖、陶德义率领下，揭竿而起，占据畎溪流域，拥兵造反，大闹江南数年。叶宗留、陈鉴湖、陶德义等人可不比一般的绿林好汉，只是占山为王，收收买路钱，喊几句"此树是我栽，此路是我开，要想从此过，留下买路财"的口号，打家劫舍，大碗喝酒，大块吃肉就完事了。三人拥众造反后，居然胆大包天，立了国，还定了年号，那个国叫作太平国——比后来洪天王的太平天国早了整整四百年还多，国号就叫太平，年号叫作泰定。太平国立国数年，分兵东征西讨、南征北战，与明廷分庭抗礼，烽火燃遍浙南大地，威震闽浙赣三省，史书上称之为"宣寇之乱"（《明实录》）。后来叶宗留战死，陈鉴湖招安后被处死，陶德义被捕后押往北京凌迟处死，太平国覆灭。明景泰三年，朝廷析太平国的老巢——畎溪流域，也即处州府丽水县宣慈乡、应和乡及懿德乡北部，以宣寇之乱平定之义，置县管理，县名宣平，畎溪也随之改名为宣平溪。

几滴墨水滴在毛边纸上，曾志达停下笔来，仰头上望，双目凝视着天花板，脑海里涌现出家乡的山山水水、一草一木。那千里之外的家乡啊，云雾包裹着数以千计的山峰，群峰之下，隐藏着一片片秘境。那就是千百年来我的父老乡亲生活的母亲的怀抱啊！

地方志上说："宣邑居万山之中，嶙峋巍峨，四面崎岖，山谷溪涧，一苇可航。"是啊，家乡纵横不过百里，四围皆山，环山为垣，为一片四塞之地。家乡的西部，有一座大山纵向盘踞，那里群山茫茫，千沟万壑，乃是有"东南锁钥"之称的仙霞岭山系余脉；家乡的东部，也有一座大山纵向盘桓，那里莽莽群山，也是千山万壑，乃是有"泰山之佐"之称的括苍山山系余脉。家乡的北部，有一条高岭高耸入云，横向连接仙霞岭山系与括苍山山系，名为樊岭；家乡的南部，也有一条高岭直冲云霄，与樊岭南北呼应，名为槁岭。仙霞岭、括苍山这两大江南名山东西对峙，樊岭、槁岭这两条大岭南北呼应，将一个山区弹丸小县包围得严严实实。家乡的中部，又有石门岭、曳岭两条大岭横亘，把个弹丸小县分隔成南北两个河谷盆地。这两个河谷盆地面积狭小——一个居宣平溪上游一个居宣平溪下游，乡人遂称之为上乡和下乡；又因一个居北一个居南，乡人又称之为北乡和南乡——乃是县内人烟最为稠密之处。宣慈乡、应和乡称上乡或北乡，地势稍高；懿德乡称下乡或南乡，地势稍卑。家乡地域虽小，却是块山水相叠，阳光充足、风调雨顺的宜居之地。家乡的母亲河宣平溪，在仙霞括苍两大山系挟裹下，自北向南纵贯上乡下乡，最后汇入瓯江。旧志上又说："幽幽岩邑，古曰鲍村；四境虽隘，草繇木蕃。"宣平县城，原名鲍村，后因清代康熙年间植柳围城，改名柳城。那柳城地居鳌峰之南，有东西两溪夹峙，汇于城南，乃是一座山之南、水之北之城，家乡宣平由此又别称宣阳。

宣平立县数十年后，有位北方文人由婺州至处州，从北到南道经宣平。那文人初讶宣平地处僻壤，为弹丸蕞尔地，后经士人介绍，知宣平地与八闽迩，无大寒暑；盛暑不过浃旬，沍寒亦不出浃旬；春夏之交多雨，秋冬虽有霜雪，草木不甚零落，心中赞叹不已。又见此地村落鸡犬，平旷衍夸；童叟牧樵，古朴敦质，大有桃源风味，乃作《宣阳赋》以赞。赋曰："丸泥封两岭，恬梦而游戏，鼓腹行歌，帝力何有？为其中之乡民，可扶杖听水，问壑寻丘；为其中之高隐，可披缁卧石，昕夕钟鱼，以忘世外事；为其中之阇梨，可黄冠采药，熊经鸟伸，以从事于白雪黄芽；为其中之羽士，可或寻友山外，觅侣云中，载酒听黄鹂，狂歌豪吟，蓬庐天地；为其中之文雄骚客，亦可一抒一吐。地虽弹丸，境实仙国。"此赋一出，宣平名声大振，遂有江南小桃源之誉。有诗赞曰：

　　东西道路塞，南北交流疏。
　　惟此桃花源，四塞无他虞。

曾志达心里清楚，这是文人眼中的宣平，一片田园祥和之乐。而父老乡亲眼中的宣平，却不是一片世外桃源之地。

宣平万峰聚集，开门见山，山多田少，土地贫瘠，乡人多山居，靠种山为生。每逢拓荒时节，乡人便扯起喉咙唱起农种歌来：

种山山有粟，

种田田有谷；

种起番薯火笼钵，

种起苞萝水牛角。

　　种起的番薯像火笼钵般又圆又大，种起的苞萝像水牛角样又粗又长，这是老家乡人一年的祈求。实际上，种起的番薯没有火笼钵般又圆又大，种起的苞萝没有水牛角样又粗又长，也没有关系。又是一年种山时，那些乡人便又扯起喉咙唱起种山歌来：

种田不如种山场。

种起苞萝当口粮，

种起番薯养猪娘，

种起棉花做衣裳，

种起靛青落富阳，

种起杉树做栋梁。

住在高山上哟，

风吹韵韵凉哟！

　　身居十里洋场，口里轻哼起这些乡人常唱的山歌，曾志达不禁潸然泪下。我那可爱可亲，淳朴、乐观的父老乡亲啊！你们世居此四塞之地，一年之中，有自产的苞萝、番薯糊口，有

010

自产的棉花、靛青染布织衣，所产自给自足，也就心满意足了。只有这种起的靛青——靛青是家乡的一大特产，除了自留部分染土布外，还要大量北运，出县境后经武义江运至金华，又经婺江运至兰溪，再经兰江、富春江运至富阳，最终在杭州一带出售——只要靛青能运到富阳卖得出去，经年劳作的乡人也就心满意足了。

"住在高山上哟，风吹韵韵凉哟！"文人雅士听到这等山歌唱起来，确实大有桃源风味。可惜自立县以来，老家的父老乡亲们日出而作，日落而息，长年累月辛勤劳作，往往食不果腹，衣不蔽体。那宣平溪两岸，便有乡人代代无奈传唱：

泥水匠困灶旁，纺织娘没衣裳；
卖柴佬烧柴皮，编草席的困光床。

还有乡人这样传唱：

办得春衣成，河水又结冰；
办得冬衣成，杨柳又抽青。

这才是老家父老乡亲真实的生活啊！处州共有十县，家乡人勤劳朴实，以"宣平老实"闻名处州府。但也许是承继了先人血液中造反的基因吧，又许是山高皇帝远的因素吧，乡人性情又极为刚烈，习武之风浓厚，江湖帮派众多。六七十年前，有数百乡人曾数次起事响应反清的长毛入宣，围攻县城，至今老辈人回忆起来，仍津津乐道。二十多年前，还是光绪皇帝坐在龙椅上的时候，有上千乡人加入了双龙会，追随鉴湖女侠秋瑾造反，虽然死了不少人，最终还是把大清的天掀翻了。

众人一句句议着，曾志达一笔笔写着。渐渐地，众人的声音消失了，呼噜声响起来了，只有曾志达仍在奋笔疾书。到了晨曦微露时分，曾志达终于把《浙江宣平党务报告》写完，陈俊、吴谦、俞契琴、阮芝唐等人还在蒙头大睡。想到今天就可把报告交给老大哥潘漠华，上呈党中央，曾志达的心又激动起来了。

第二回
西子湖畔双雄会　志同道合袍泽情

如果没有遇上漠华大哥，自己的一生将会如何度过？也许会安于现状，在家乡小学任教一辈子；也许会做点小生意，一家人在一块安安稳稳过个小日子……虽然一夜未眠，写完报告后的曾志达却全无倦意。他靠在小方桌旁，脑海里浮想联翩。

"漠华大哥是我人生的引路人啊！"外面还是寒风阵阵，曾志达却想起了那个炎热的夏季。

两年前的夏天，杭州的天气格外闷热。刚刚从杭州崇文中学毕业的曾志达，心情像这闷热的天气一样，郁闷到了极点。

清光绪三十二年，曾志达出生在宣平县北乡后溪村一农户之家，又名曾尚志。曾志达是长子，下有弟妹五人。那后溪村坐东朝西，背负青山，面朝宣平溪，是宣平县少有的一片平旷之地，农耕条件较为优越。曾志达为人正直，人又文静，不喜与人争吵，自小在村里就人缘极好。村里的大伯大婶、大哥大嫂都很喜欢他，爱跟他接近。他跟人家开玩笑，人家也不会烦他。

村前溪边的埠头上，是全村最热闹的地方。村里人每天要到这里担水、洗衣。那些大嫂小媳妇，一边洗衣服一边叽叽喳喳地谈天说地，指桑骂槐，数落家里公公婆婆的不是。曾志达最反感背后数落人，就趁他们讲得最起劲时偷偷往水里扔石头，"扑通"一声，惊得那些嫂子媳妇们停止数落。曾志达就笑笑说："让你们休息一下，免得在这里数落公公婆婆吃力了。"过一会儿，那些嫂子媳妇们又开始数落公婆，曾志达又偷偷往水里扔石头，一而再，再而三，只惊得她们停止数落为止。

那时的大清王朝，已是风雨飘摇。曾志达目睹了乡村的破败和乡民的凄苦，常常一人坐在大溪边的角落里，倾听乡人这样含泪吟唱：

春季里来麦苗青，农民饿肚真痛心。
饥寒交迫无路走，出卖青苗救眼前。
夏季里来收割忙，黄金谷子堆成山。
租谷一交颗粒无，镰刀一放饿肚肠。
秋季里来桂花香，盼望后熟好收成。
一场灾害空欢喜，忍饥挨饿牛马样。

冬季里来雪华飘,地主逼债实难当。

无米无衣天又冷,卖儿卖女离故乡。

虽说自小生长在农民家庭,但因为家中有养猪的营生,生活条件在村里算得上优渥,家中也一直培养曾志达读书。曾志达又聪颖好学,民国三年入一溪之隔的泽村三益小学就读,后到妻子老家陶村读高小,成绩优异。小学毕业后,曾志达到杭州报考中学,家里竟两次接到录取喜报。

原来清朝时候,不管中了举人还是进士,都专门有人给中举人家里送喜报,叫报子。中举人家要给报子报喜钱。入民国后,报考中学也专门由学堂里送报单。有人就送假报单骗钱财。

曾志达考进杭州宗文中学后,马上有人给曾家送来报单。全家人好不高兴,又是倒茶又是烧点心,待报子酒足饭饱,曾父曾汤培又高高兴兴递上大红包,恭恭敬敬地送他上路。

这报子前脚刚走,后脚又来了个报子。曾汤培恍然大悟,让假报子捷足先登了。不过,儿子读书有出息,曾汤培被骗一份报子钱也就乐意了。

曾志达考入杭州宗文中学就读后,开始接触新文化。那时候,神州大地上国共合作,工农运动高涨,年轻的曾志达热血沸腾,积极投身学生运动。不料到了民国十六年春,先是"四一二"反革命政变给了曾志达当头一棒。他实在想不通,昨天还互称同志的国共两党,转眼间国民党就向共产党举起了屠刀，"宁可错杀三千，不可使一人漏网"啊！美丽的西子湖畔，转眼成了人间地狱。到了夏天，又传来"七一五"反革命政变爆发，宁汉合流的消息，轰轰烈烈的大革命宣告失败，曾志达瞬间迷茫、痛苦到了极点。

那一天，曾志达收拾行李准备回归家乡宣平，忽闻老大哥潘漠华已从武汉北伐军中回到杭州，心情郁闷的曾志达大喜，立刻前往看望。

这一次见面，彻底改变了曾志达的人生命运。

潘漠华比曾志达大了四岁，两家相距不到二十里地，是名副其实的乡里乡亲。

潘漠华乃是宣平县北乡上坦村人。那上坦村位于宣平溪支流坦溪上游畔，两山夹峙，乃是宣平名村，风光旖旎，名人辈出。有首诗这样描述上坦风物：

竹筏徐徐入山峡，溪水静静映山崖。

鸟语花香林深入，疑入桃源渊明家。

潘漠华生于大户人家，书香门第。那上坦潘氏乃宣平望族，祖上曾出过多位进士、举人。当时宣平大户人家的住宅大多是二进二院，由前后两个三合院组成，已算豪华。漠华一族住的也是一幢三合院，正屋面宽却有九间，进深七檩五柱，底层前檐设通廊，廊两端各有边门；东西厢房面宽各一间，进深七檩五柱，乡里俗称九间头，在宣平县内很是风光。

不过到了光绪二十八年，漠华出生时，家道已经中落。漠华祖父潘锦芳为秀才，又是驰名乡里的儒医，善于经营，名下有染坊、酒坊、药铺和南货店，富甲一方。漠华父亲潘廷黼为廪生，为人正直，却不像祖父一样善于经营，壮年去世时留下不少债务。为还债，漠华母亲将本房田地先后典卖，家境日益困苦。

潘漠华

漠华兄妹六人，漠华行四，按祖族排辈，漠华的辈分排列"恺"字行。小时候，家里人叫他尧尧，乡人也叫他恺尧。

漠华自小心地善良，同情穷苦人。一个世纪后，他与家里雇工火吒师的故事还在当地流传。

且说九间头屋后巷弄里有口水井，井水清澈透明。漠华四岁时，曾在水井边玩耍，失足坠井，幸被家里的染布工匠施火吒救起。这个施火吒长着满脸硬粗的胡子，平时脸一扭，眼一瞪，像一只凶老虎，村里人都叫他火吒师。火吒师常常把硬邦邦的胡子当"老虎牙"，看见小漠华来了，一把抱住就用"老虎牙"刷小漠华的脸蛋。来回摩擦几下后，小漠华皮肉生疼，难受得一边挣扎一边哭喊起来，火吒师便大笑起来。

一天，小漠华对姐姐说："姐，火吒师太欺人了，我们把他的茶碗偷来藏了，让他喝不成茶水，好不好？""好，好好!"姐姐拍手赞成。

热辣辣的中午,忙碌了一上午的火吃师进屋来了。他穿的短裤和洋布褂都被汗水湿透了,汗珠从他的耳根脖颈顺着又粗又黑的胳膊流下,一滴滴掉在地上。他口干舌燥,正想喝茶,却找不见茶碗,桌子上、窗台上、床上、凳子上都一一找了,连床底下也弯腰看了看,茶碗到哪里去啦?小漠华和他姐姐候在一旁,看他那狼狈的样子,忍不住吃吃地笑出声来。

"小鬼头,两个小鬼头,快把茶碗给我!看,火吃师喉咙出火冒烟了。"火吃师张大嘴哈出一口气,装作十分难受的样子。小漠华见了,担心他真的燥死,就说:"茶碗还给你,以后你不要装老虎吓我和姐姐,不要用'老虎牙'戳我,行不行?""啊哈哈,行!行!我发誓不戳了。"火吃师装作十分可怜地说。

当小漠华从自己床头翻出茶碗时,火吃师又拿短胡子戳他了。小漠华一转身跌了一跤,把茶碗也打碎了。"你说话不算数,你说话不算数,呜呜呜……"小漠华边哭边爬起来。火吃师这下也慌了,他默默不响地拣起破碗片,走出了房门。

晚上,火吃师回到房间,发现床边的桌上放着一口小花碗,碗中泡着碧绿的茶水。他喝了一口,口里凉丝丝的,心里甜甜的。火吃师走出房门问来问去,才知道这茶碗和茶水是小漠华送来的。

后来,漠华把火吃师的人生际遇写成了小说《人间》。

漠华六岁入私塾读书。那时西学兴起,漠华父亲为人开明，次年即将漠华转入上坦觉民小学就读。十岁时，又转入离县城二里的冲真观务本学堂就读。漠华在冲真观务本学堂就读三年，成绩屡为全班之冠。十三岁时毕业，得优异奖旗，随即考入宣平县立师范讲习所。十五岁时，漠华于师范讲习所毕业，受聘任上坦觉民小学教师。时漠华二哥潘详就读浙江省立第一师范，时常寄新文化报刊回乡，漠华深受其影响。

　　十七岁时，漠华受聘任上陶村鲤登小学教员。上陶村与上坦村仅有一山之隔，鲤登小学总共有二十多个学生，校舍设在祠堂里，是上陶士绅钱奎璋办的。当时学堂里有两个先生，一个是陈先生，乃是清末的秀才，上国文、算术、修身课；一个便是潘漠华，教体操、音乐，也教算术。

　　时年正逢五四运动爆发，新文化运动波及全国。僻处一隅的鲤登小学里，两位先生一老一少，一旧一新，教法各异，在当地留下来不少故事。其中漠华率学生雪中行军唱歌，更是被当地私塾老夫子们视为异端，轰动一时。

　　漠华当时只比学生大四五岁，待学生极好，就跟自己的亲兄弟一样。那个秀才出身的陈先生，为人方正，沿袭旧习，动不动就拿板子打学生，有时还开生突骨地将不听话的学生的手掌按在桌角上打，直打得学生龇牙咧嘴，还不许喊痛。漠华却从不打学生，每天放学后还要送学生回家，直送到最后一个学生到家为止。久而久之，学生们视陈先生为仇雠，视漠华为大哥哥。

　　这年冬天，天气格外的冷。有一天，大雪飞舞，洋洋洒

第二回　西子湖畔双雄会　志同道合袍泽情

019

洒，给整个大地铺上了一层洁白的银装，二十多个学生缩在祠堂里，哈着嘴里的热气取暖。只见漠华穿着长衫，兴致勃勃地走进教室，笑着对大家说："同学们，大家挺直腰板坐好了。今天下雪，天气冷，我给大家编了一首歌，我们一起学起来，然后一起去野外做游戏，好不好？"一听说唱歌做游戏，这些整天被陈先生关在"笼子里"，专背"之乎者也"的学生，顿时都雀跃起来，连呼："好！好！"

"那么，我现在就给大家教唱一首《雪中行军歌》。"漠华说着，从口袋里掏出他编好歌词的纸张，一句一句地教唱起来：

哥哥手巾好作旗,唱——
哥哥手巾好作旗。
弟弟竹竿好作柄,唱——
弟弟竹竿好作柄。
……

这天下午，上陶村子里出现了一支步履整齐的队伍。这支队伍，既不是背着洋枪的外国兵，也不是到处扰民的军阀部队，而是鲤登小学的学生军。大家唱着漠华刚刚教会的《雪中行军歌》，踏着整齐的步伐，在漠华的率领下，行进在皑皑积雪之中，边走边唱：

哥哥手巾好作旗，

弟弟竹竿好作柄，

……

山野人家人莫惊，

我等不是外国人；

也非山中有盗贼，

乃是学生冒雪来行军。

民国九年，漠华追随二哥潘详考入浙江省立第一师范就读。在杭州，漠华受新文化运动的熏陶，思想日趋进步。民国十年清明节，漠华偕十五位在杭求学的宣平籍学生在孤山西泠成立"宣平旅杭学会"，并结伴去孤山"浙军阵亡将士纪念碑"，纪念辛亥革命中牺牲的宣平籍烈士詹蒙和何海云。

詹蒙是宣平县北乡溪口村人。辛亥革命爆发，詹蒙组织决胜团学生队，参加汉阳保卫战，在琴断口阻击清军时壮烈牺牲。何海云是宣平县北乡陶村人，辛亥革命爆发后在革命军攻打南京天宝城战斗中牺牲。

在纪念碑前，漠华高声宣读祭文："詹烈士和何烈士都是革命的奠基石。为推翻清王朝不惜牺牲生命，是我们宣平人民的骄傲。"

从那一刻起，漠华等人走上了革命道路。

到了这年十月，漠华与同学汪静之、柔石、魏金枝等发起、组织杭州第一个新文学团体"晨光社"。民国十一年三月，又与汪静之、冯雪峰、应修人组织了"湖畔诗社"。民国十三年初，潘漠华回宣平完婚，不过二十几日的盘桓，又一朝分飞了。八月，漠华考取了北京大学的文科预科，远赴北平。此时的北平，正值风雷激荡的大革命前夜，军阀混战，民不聊生。一些旧友如柔石、冯雪峰等也都陆续来到了这块五四运动的发源地，他们聚在一起写作、翻译，相互支持。

民国十四年，漠华参加了五卅反帝爱国运动。六月，漠华率"宣平旅杭学会"联合杭一师、宗文中学宣平籍学生共数十人，回到宣平，向民众宣讲五卅惨案，号召反帝爱国、抵制日货，并检查各商店日货，不准在宣平境内再卖日货。曾志达清楚地记得，那是他第一次追随漠华大哥，参加轰轰烈烈的学生运动。漠华大哥东奔西跑地指挥着同学们的行动，平时那么斯文，现在却如狮子般勇猛，又那么镇定，令曾志达十分钦佩，知道漠华大哥是个真正的革命家，便在心里发誓要一辈子追随漠华大哥革命到底。那个火红的夏季，偏处一隅，居万山之中的宣平境内，也掀起了声援五卅运动，反抗帝国主义侵略的热潮，大大提高了宣平民众的革命觉悟。九月，在旅杭学生的宣传启发下，宣平县工界协会在柳城成立，定名为"金衢严处工界宣平分会"，提出"劳工平等""反对剥削""增加工资""抵制日货，推行国货"，并与宣平商会联合清理日货。

经过五卅运动的洗礼，"三一八"惨案后，漠华又与北大同学一道参加集会和游行。当时北大内介绍马列主义的书刊较多，潘漠华的内心由此种下了共产主义革命的种子，在北大加入中国共产党。

民国十五年秋，大革命的浪潮由南向北推进，潘漠华毅然离开北大，经党组织安排，南下武汉，投身北伐先遣军第三十六军，任三十六军第二师政治部宣传干事、组织科长等职，随军沿京汉路北上，一直挺进到郑州。

"四一二"反革命政变发生后，漠华所在部队停止北伐，回师武汉。在武汉，漠华参与主持欢迎由上海转移到武汉的浙江籍革命同志欢迎会，并亲赴汉口邀请当时《民国日报》总编辑沈雁冰到会讲话，声讨蒋介石背叛革命的罪行。"七一五"反革命政变后，宁汉合流，漠华愤然离开北伐军，从武汉经上海潜回杭州。

当时的杭州，党组织遭受严重破坏，领导人一批批被捕关押，不少人倒在血泊之中。漠华回到腥风血雨中的杭州后，迅速接上组织关系，挂名浙江省政府秘书处办事员，参加了刚刚成立的中共浙江省委领导的秘密工作。

那一天，在一间简陋的住房内，曾志达见到了数年没有谋面的漠华大哥。久别重逢，曾志达很是兴奋，潘漠华更是高兴。不待漠华寒暄完毕，曾志达就把自己的苦恼、郁闷像竹筒倒豆似的，一股脑儿倾诉了出来。

潘漠华静静地听着、听着，不时地点头赞许。

听完曾志达的倾诉，潘漠华的心情也是汹涌澎湃。他向曾志达述说了蒋介石、汪精卫叛变革命的经过及其种种罪行，愤慨地说："尚志，你一定要记住，大屠杀决然阻挡不了滚滚向前来的革命洪流，国家的命运、革命的前途永远掌握在具有革命意志的工人农民手中。"

曾志达听了，几个月来心中的苦恼、郁闷一扫而光。面对黑云压城的险恶形势，面对漠华大哥，曾志达心潮澎湃，在纸上挥毫写下十四个大字，向老大哥表明心迹："腥风血雨无所惧，愿洒热血干革命。"

第三回
学子回乡负重任　锅灶头前奔波忙

几天后，在潘漠华的领誓下，曾志达在党旗下举起右拳宣誓："牺牲个人，努力革命，阶级斗争，服从组织，严守秘密，永不叛党。"

一个月后，曾志达经浙江省委安排，到萧山学习培训。培训半个月后，经潘漠华提议，省委派曾志达回家乡宣平筹建党组织。临行前，潘漠华将与省委先前派回宣平、负责通讯联络组建党组织的特派员潘振武的接头暗号告诉了曾志达。

那已是农历七月末，七月流火，但秋老虎仍然肆虐。曾志达踏上村口那座古老的木屋桥时，心里又是欢喜又是忐忑：欢喜的是离开故乡时的一介书生，回乡时已成为一个身负重任的共产党员，挑着革命担子回家乡闹革命；忐忑的是革命工作怎么开展？自己毫无工作经验；含辛茹苦支持自己出外求学的父母、妻子又会支持自己闹革命吗？

那时，宣平乡村里农民大都是不识字的，对曾志达这个省府学校毕业出来的读书人，就连乡长、保长也把他当成宝贝。回家不久，曾志达就出任一溪之隔的泽村三益小学校长。

有了公开的身份掩护，曾志达立即与潘振武接上了关系。

令曾志达惊喜的是，潘振武已在宣平国民党上层及知识界打开了工作局面，尤其与宣平县国民党县党部成员、青年部长陈俊关系密切。

潘振武

潘振武，字野逸，清光绪三十一年生，宣平县北乡上坦村人，系潘漠华同宗。潘振武在家乡完成中小学西式教育后，考入孙中山专门为培养民主革命人才创办的中国大学就读。民国十五年，潘振武在冯雪峰、张天翼、郭沫若介绍下加入中国共产党，与潘漠华成为宣平县最早的共产党人。

陈俊为宣平县北乡华塘村人，字逸飞，乳名发升，清光绪二十八年出生，与漠华同年，金陵大学毕业生。那华塘村地处坦溪中游畔，

陈　俊

与上坦村不过十里之遥。陈俊同潘漠华原本是少年时的同学，开始在宣平县立师范讲习所一起学习，后又一起到省城杭州求学。当时，漠华考入浙江省立第一师范，陈俊在蚕业学校读书。漠华偕十五位在杭求学的宣平籍学生在西泠成立"宣平旅杭学会"时，陈俊便是其中之一。

国民党员陈俊为何会转向共产党的呢？

先是民国十五年春夏间，陈俊、俞契琴、陈光远等宣平籍人士在上海加入中国国民党，并回宣平发展国民党组织，在宣平知识界发展国民党员十余人，开始筹建宣平县国民党县党部筹委会。筹委会由陈俊、俞契琴、陈光远、潘政、郑昌、陶岳、郑子远、郑华英、陶琼、潘璋、周扬、周输馨等人组成。是年十二月，宣平县已有国民党员百余人。

民国十五年十二月下旬，共产党员胡公冕率领北伐军东路军先遣部队五百余人，追赶军阀周荫人部队，从松阳到达宣平县城柳城。陈俊等人组织教育界、工商界人员至柳城南门通济桥头，手举小红旗高呼口号、张贴标语、摆设茶水，欢迎北伐军进城。宣平县县长李景枚乃北洋军阀指派，在北伐军抵达柳城前即已潜逃。北伐军二十六军党代表赵舒委派张高为宣平县县长。张高到达柳城后，即在县公署大门上写上一副对联，左联是"贪官污吏滚出去"，

俞契琴

右联是"土豪劣绅莫进来",横幅是"天下为公"。张高支持组织农会,在全县推行"二五减租",宣平溪两岸掀起了轰轰烈烈的大革命高潮。

"四一二"反革命政变后,浙江各县开始大规模"清党",屠杀共产党员。此时,宣平县内尚没有共产党组织,但国民党也在宣平搞"清党",清来清去,竟发展成内部的一场倾轧。

原来,胡公冕率领北伐军离开宣平后,民国十六年初,宣平当地土豪潘云江、大律师陈雄及陈竹修等五人,另组宣平县国民党县党部筹委会,与陈俊、俞契琴、陈光远、潘政、郑昌、陶岳、郑子远、郑华英、陶琼、潘璋、周扬、周输馨等人组成的宣平县国民党县党部筹委会相抗衡。一时间,宣平县内出现了两个国民党县党部筹委会,原先的称老派,后来的称新派,两者争权夺利,水火不容。"清党"开始后,国民党浙江省党部任命老派宣平县国民党县党部筹委会成员郑子远为宣平县党务指导员,在宣平"清党",清除了潘云江等人组成的新派宣平县国民党县党部筹委会。陈雄逃亡丽水,后病死在丽水阎王庙旅社。潘云江逃亡杭州,陈竹修亦外逃。清党伊始,张高也翻脸了,先前成立的所有农会都被解散,"二五减租"政策停止推行,宣平境内轰轰烈烈的大革命浪潮一夜间消失得无影无踪。

国民党内部的钩心斗角、尔虞我诈,令原本一腔热血立志救国救民的陈俊失望透顶。潘振武回到宣平后,与陈俊交往密切,陈俊逐步接受了共产主义思想。待到曾志达回宣平后,经与潘振武协商，两人首先介绍陈俊秘密加入了中国共产党。

曾志达又与潘振武、陈俊商量，决定在县城开辟一个活动联络点。三人经过慎重推敲，认为选在律师陈方荣开设的协盛酱园最适宜。陈方荣毕业于杭州政法学校，在柳城当律师，其开设的协盛酱园坐落于柳城东街，与国民党宣平县政府仅一街之隔，可以说是在敌人的鼻子底下，为何要选在此处作为活动联络点呢？三人认为，陈方荣与陈俊同村，两人有同乡之谊，这是其一；陈方荣为人正直，但凡县内有受屈受害人求上门，陈方荣不但能秉笔直书，且诉讼费分文不取，还能出庭辩护，这是其二；陈方荣系新派宣平县国民党县党部筹委会成员陈雄之胞兄，陈雄惨死于国民党内斗，对陈方荣刺激很大，对国民党当局心生怨恨，这是其三。由此三点，三人认为争取陈方荣入党的可能性很大。另外，陈家的协盛酱园大门口两旁，一边挂有律师所，一边挂有"协盛酱园"两块招牌，由于陈方荣在县内名气较大，县政府官员对陈家也另眼看待。种种因素叠加，这个联络点既比较安全，又在敌人的鼻子底下开展工作，便于了解敌情。

八月底，曾志达、潘振武、陈俊三人在协盛酱园后屋召开会议，成立了宣平最早的党组织"三人小组"。其后，县委领导人多次在这里召开重要会议，陈方荣夫妇和酱工邵兴进为会议轮流放暗哨。一有情况，他们便发暗号，后屋里便立刻打麻将声叫喊不绝，不知情者还以为这是一伙上层人物聚会的赌场。次年，陈方荣加入中国共产党，曾任中共宣平县县前村支部书记，民国十九年四月病故于丽水。

　　曾志达又以泽村小学校长的公开身份，在泽村小学发展了教师陶璿入党，将泽村小学建成了党的地下联络站。在家人眼里，别人当校长就像当了官，曾志达却没有半点官架子，白天教完书后，就往乡亲们家里跑，常常家里要吃晚饭了还见不到他的人影。

　　有一天要吃晚饭了，曾志达又没回家，妻子陶金女便差小姑子曾恒娥去找他回来吃饭。曾恒娥到了东家，东家说："刚来过一会儿。"找到西家，西家说："刚走了一会儿。"最后找到曾志达时已是深夜了。妻子问他晚上在外做些什么事情？曾志达笑笑回答她："我回来了，地方上的锅灶头总要去点一点啊！""点锅灶头"是宣平的土话，意思是走门串户闲聊去了。

　　有一天放学后，曾恒娥同哥哥一起走在回家的路上。天高气爽，秋风吹来，曾恒娥脑后那条又粗又黑的大辫子一甩一甩的，煞是引人注目。走了没多远，曾恒娥就跑到曾志达前面去了。

　　忽然，曾志达在后面大叫："小妹，等一下！"

　　"不，你自己快点走来呀！"曾恒娥自顾自往前走。

　　"哎，小妹，大哥有事要跟你说。"曾恒娥这才停下了脚步。

　　曾志达赶上来，对曾恒娥说："小妹，现在外面的女孩子都时兴剪短发了。你留这么长的辫子，每天梳辫子既花力气又费时间，上学要迟到，还是剪掉吧！"

"剪辫子？娘要骂的。娘说过，留着辫子，将来要挽髻的。剪短了，人家要笑的。"

"别怕！我会对娘讲的。听大哥的话，大哥给你买一块柳条花布。"

第二天一早，曾志达就把曾恒娥的大辫子剪掉了。曾恒娥成了村里第一个剪短发的女孩子。曾志达打量着曾恒娥，笑眯眯地说："这才是新时代的女孩子哩。"到了学校，大家都叫曾恒娥"女学生"。没过几天，许多女同学都学曾恒娥的样，剪了辫子，梳起短发来了。

曾志达在乡下点锅灶头，用聊天的方式，积极联络乡村农民，讲解革命道理，宣传党的主张，物色原农民协会中的劳苦农民，秘密组织赤色农民协会，培养赤色农民协会的骨干积极分子入党。一个月后，曾志达、潘振武、陈俊先后发展了吴谦、潘思源、俞契琴三人为党员，成立了中共宣平五人党小组。同年九月，在柳城东街协盛酱园成立了中共宣平独立支部，曾志达任独支书记。

独立支部成立后，陈俊、俞契琴在县城柳城国民党行政、司法系统及自卫队员中发展中共党员，吴谦、潘思源相继在马口、华塘一带农村发展中共党员，建

吴 谦

立中共支部或小组。随后，曾志达等人领导党员和赤色农协开展减租抗租斗争，并发动手工业工人开展"缩短工时、提高工资"的斗争。

吴谦乃是宣平县北乡饭甑村人，又名吴余芳，字竹虚，生于清光绪二十二年，从小个性刚强，为人仗义，敢打抱不平。吴谦虽系贫苦农民出身，家里条件不是太好，但小时靠姑婆的资助读过私塾，学习勤奋，成绩优异。民国三年考入宣平师范讲习所学习，同潘漠华是同学，毕业后相继在宣平县上乡章五里村和下乡新屋村小学教书，这一教就是五年。五年后，吴谦积攒了一些钱财后，回家迁居马口村开设了一爿小杂货店，经商为生。

潘思源是宣平县北乡溪口村农民，在村中颇有声望。俞契琴是宣平县北乡俞源村人，系宣平名医俞葆初之子，为宣平县国民党县党部成员。

吴谦入党后，利用自己经商的有利条件，联络亲朋好友，发展地下党员，组织赤色农民协会，领导农民进行"二五"减租斗争，曾在马口村一带的上隔溪、内河洋、饭甑岭头、壶源等地的田头灰铺、岩洞、田野里开过多次党的活动分子会议。潘思源入党后，发展溪口村潘四妹、潘仕德、潘富贵、潘伦祥、潘新旺、朱增寿、朱火法、何维金、俞舍宝、潘璋等人入党，建立了溪口村党支部。潘四妹任书记，潘仕德任副书记。吴谦、潘思源等人还深入到柳城周边的曹门、水背下、郑迴、前湾、江下、荷叶山头、源口、金丝源、赤岩畈、梁家山等村庄物色积极分子，秘密发展党组织。

中共宣平独立支部还在店员工人和手工业工人中组织工会，相继成立了泥水匠、裁缝、篾匠、木工、鞋匠、理发工等店员工会、手工业工会，以及雕业、漆匠、棕匠等独立小组，并成立了宣平县总工会筹备处。以县城柳城为中心，成立了青年读书会、平民夜校、妇女识字班等群众组织。在尚义门和曹门郑两座祠堂开办了青年读书会、平民夜校和妇女半日校。到了当年九月，县城柳城在中共领导下的外围组织及成员有：青年读书会有成员六十余人；店员工会有成员四十余人；平民夜校三所，学员八十余人；手工业工会有会员三十多人；曹门、县前、县后各有一所妇女半日校，有学员六十多人。曾志达、陈俊、俞契琴等人经常到各组织讲课或开展活动，并从这些党的外围组织中物色积极分子，培养入党对象。

为了争取平民夜校和妇女半日校的合法性，陈俊、俞契琴等人利用国民党县党部成员的身份，先请国民党县党部和警察局的人讲课，待这些人讲完课走了之后，再由中共地下党员讲课。曾志达每晚分别给群众讲课，教群众认字，宣传进步思想。深夜下课了，他还把自己选拔的培养对象留下来，继续宣传共产党的宗旨，揭露国民党的反动实质，进一步提高骨干分子的思想觉悟。

曾志达的妻子名叫陶金女，与曾志达同岁，陶村人。曾志达考入杭州宗文中学的那年，两人成婚了。陶金女不识字，曾志达写来的信只好请人家代读，回信也得请人家代写。

　　妇女半日校成立后，曾志达便动员妻子参加识字班读书。陶金女觉得自己没有文化，连信也要请人代读代写，太难为情了，表示同意去识字班读书，将来好给曾志达写信。曾志达听了，笑笑说："你去读书识字，不是光为了给我写信，将来参加革命工作、搞建设都需要文化。"陶金女听了曾志达的话，在识字班学习格外用心。当时在识字班读书的除了一些中共宣平地下党领导人的妻子，还有一些国民党宣平县党部头头、国民党宣平县政府科长的太太，学习态度各不相同，有的仅仅是来装装门面的。识字班除了教读书识字，还学习做工，专门购置了织袜机，教学员们织洋袜。识字班开办半年后，被国民党宣平县政府停办。陶金女在识字班读了半年书，识了不少字，曾志达写给她的信基本上能读懂。曾志达还给妻子取了个学名叫"淑仪"。

　　曾志达在组织学员学习文化的同时，还借教授古诗来灌输革命道理。如在教学员读唐代诗人李绅的《悯农》一诗时，曾志达先大声朗诵"春种一粒粟，秋收万颗子；四海无闲田，农夫犹饿死"，然后借机剖析地主豪绅对农民残酷剥削的历史与现实。曾志达向学员宣传手工业者要增加工资，店员要改善生活条件，提倡男女平等，破除封建迷信，言论出版自由；宣传实行"二五减租"，耕者有其田，打倒土豪劣绅；揭露国民党反动派开倒车，必须打倒；号召大家跟随共产党闹革命，为民谋福利等革命道理，深得民心。工人、农民、店员、学生、妇女纷纷要求参加党的外围组织。党员队伍也不断壮大，相继建立了中共宣平独立支部店员职工支部、妇女教师支部和青年学生支部。在曾志达领导下，宣平山乡革命力量迅速发展。

是年十一月，中共宣平独支改建为中共宣平县委，隶属中共浙江省委领导，书记曾志达，委员陈俊、俞契琴、吴谦、潘思源；陈俊任宣传部部长，分管宣传兼妇女工作；俞契琴为组织部部长，负责组织工作；吴谦为军事部长，分管军事工作；潘思源为农运部长，负责农运工作。

第四回
灵泉岩先生避难　数九天学生入党

　　正当宣平的党组织建设如火如荼开展之时，民国十六年十一月十五日，潘漠华突然从杭州回乡里来了。

　　原来十几天前，杭州出大事了。中共浙江省委秘密机关遭破坏，潘漠华被捕，关押在杭州柴木巷拘留所。漠华的亲属和同学闻讯，紧急救助，最终由漠华在浙一师的老师许宝驹出面保释，得以获救。

　　潘漠华保释出狱后，立即回到老家上坦村，当晚便召集潘振武等人秘密商量，告知众人中共浙江省委秘密机关遭破坏的消息，叮嘱大家面对危险局势必须保持警惕。不料，当天夜里，潘振武回家后即被国民党宣平县保安队抓捕。

　　屋漏偏逢天下雨，原来温州方面又出事了。中共浙江省委秘密机关遭破坏前，省委代书记王小曼已经宁波去温州执行"浙东暴动计划"。十一月十二日，王小曼在温州码头上岸后，在温州东门高殿下蔡万兴客栈与等候他的省委特派员周定接头时不幸被捕，随身携带的暴动计划和通讯录都落入特务之手。那通讯录上有宣平潘振武的姓名，导致潘振武被捕。潘振武被捕后，即刻解往温州戒严司令部关押。在狱中，潘振武受尽酷刑，脚骨骼变形，双脚扭曲。后经党组织多方营救，转往丽水法院审理，陈俊等人以宣平县国民党县党部成员、青年部长身份作保，以证据不足交保释放。

次日清晨，得知潘振武被捕的潘漠华，无奈以养病为名，在曾志达陪同下立即前往少妃里灵泉岩躲避。

灵泉岩僻谷幽静，位于宣平、武义两县交界的少妃岭下，群山之中，以泉水、绝壁、岩洞、孤峰闻名遐迩。潘漠华、曾志达两人从上坦出发，翻山越岭大半天，才到了少妃岭下。两人从岩下远望，只见一座座依次排开的岩峰，远看整体如骆驼，驼峰上还有一个个大小不一的"脚印"；待走上一大段台阶，便见到一个上方写有"天门"两字的岩洞映入眼帘。走进"天门"，迎面是一座石柱门，看题词是明代遗留下来的。再往里走，站在一块大岩石下，就是远近闻名的"山门滴水"处。传说游人到此，头顶能滴到这里一滴甘泉，便会生儿子。不过这滴甘泉需有缘分，有的人站一天也滴不到，有的人只是走过无意间却滴到头顶上了。沿着岩洞再往上走几步，就到灵泉岩了。只见两块巨大的岩石拱出，突兀成一个可站立上百人的岩洞，内有观音塑像供奉。其中一块岩石上因千百年来水滴的作用，滴出了一个神似观音的岩像。洞口右侧，残留着一根雕着一条大龙看着两条戏珠小龙的石柱，亦是古时候遗留下来的。岩洞内还有一座庙宇，上书"灵泉岩"三字，庙宇早已荒废，庙内石桌上刻有"大明嘉靖"等文字。灵泉岩洞里有眼古井，三尺见方大小，深不过三尺，绿苔斑驳，水冷而清冽，凉透骨髓。因其经常两三人饮用未见流出，多到两三百人饮用又不见干浅半分，山下居民和来往香客都说这泉水很通灵性，所以叫作灵泉岩。

潘漠华避居灵泉岩后，见井水凉透骨髓，便称井水为"冷泉"，灵泉岩遂名冷泉岩，沿用至今。

避居冷泉岩期间，潘漠华一刻也没闲着。他通过曾志达和中共宣平县委联系，指导宣平党的地下活动与农民运动，并在此完成了小说《冷泉岩》的创作。

过了一段时间，局势稍微平缓，潘漠华便离开冷泉岩，亲自到上坦、上陶等地秘密发展中共党员。那个冬天，潘漠华发展了几十名农民党员，组建了中共上坦、上陶支部。

潘漠华在上陶鲤登小学任教时的学生、后来宣平红军重要领导人之一阮芝唐，就是潘漠华亲自发展入党的。

那一天，天寒地冻，滴水成冰，阮芝唐忍受着刺骨的寒风，赤双大脚正在上陶后山耕田。

"阮芝唐，阮芝唐！"

不远处传来呼喊声，阮芝唐停住犁，一看，路上走来三个人，其中一个竟是多年未见的潘漠华先生。阮芝唐赶紧丢掉牛鞭木犁，走上田塍高兴地迎上前去。

阮芝唐

"潘先生，听说你在杭州、北平念书，怎么回来啦？"阮芝唐好奇地问。

"外面不平静，回来好长时间啦。今天特地来看看你。"潘漠华看看阮芝唐冻得发紫的双脚，痛惜地说："你看你，这么起冻的天气，也不在家歇息，这苦头吃得消吗？"

"有啥法子，命穷啊，今年耕转来，明年要做水娘的。"阮芝唐苦笑着回答，又看看潘漠华，"潘先生，找我有什么事？先到家坐会儿吧？"

"先别忙，你快穿上鞋子，我问你一件事。"潘漠华看着阮芝唐穿好鞋子，才找个背风的地方蹲下来。

"听说你想到外面去闯？"潘漠华问。

阮芝唐看了一眼与潘漠华同来的鲍建华，默默地点了点头。当时西北边的汤溪县一带闹起了"白带会"，入会者均以兄弟相称，有饭同吃，有酒同喝。阮芝唐同鲍建华他们一起去那边背过树，也想参加白带会。阮芝唐想，鲍建华他们知道这件事，一定是他们同潘先生讲的。

"你为什么要去外面闯？"潘漠华又问。

"家里太苦了，我实在待不下去。"阮芝唐照实回答。

"是啊，一辈子做牛做马，什么时候能熬出头啊！不过，你也并不一定要到外面去，在家里也一样可以闯！"潘漠华看看阮芝唐，又看看鲍建华。

"是啊，阮芝唐，我们这里也有组织了，你参加不参加？你要参加，我们替你寻寻看！"鲍建华接着说。

"我们这里也有组织啦？"阮芝唐疑惑地问。

"有，远在天边，近在眼前，潘先生晓得的。"鲍建华肯定地说。

阮芝唐期待地看着潘漠华，潘漠华点了点头。

"有！我们这里已经有了穷人的组织——共产党。专为穷苦人办事！"接着，潘漠华讲了反对剥削阶级、打倒地主豪绅等等革命道理。

"只要穷苦人有出头之日，我一定参加！"阮芝唐坚决地回答。

"好！"潘漠华紧紧拉住阮芝唐的手，"我们欢迎你参加。"

当天，阮芝唐就同四个顶要好的朋友，他们也都是潘漠华的学生，一起加入了党组织。

到了来年二月，树上枝头转绿时节，曾志达来到上陶村达悟正寺，在竹园里组织党员开会，选举了上陶地下党支部，阮芝唐担任了支书。

到了二三月间，潘漠华、曾志达根据宣平中共党建形势的发展，提议并经县委研究决定，成立了城区、上坦、华塘、江山四个区委，吴谦、阮芝唐、陈祥云、谢玮分任区委书记。

潘漠华、曾志达在宣平点燃的星星之火，还燎原到了周边遂昌、金华两县。

县委委员、城区区委书记吴谦与党员吴火进以唱洋戏和收购茶叶、莲子等职业为掩护，向西进入宣平、遂昌交界的山区，向遂昌方向发展党组织。他们在旧处村发展林松才入党后，以林家为落脚点，相继发展了遂昌县的郑来德、许樟林、张根祥等人加入中共党组织。章岸村党支部负责人、江山区委委员陈玉川到金华县安地、蒋里一带，以帮工砍柴为名，在安地下傅村发展蒋宝贤、蒋元坤、蒋祥址等八人入党，建立了安地党支部，陈玉川任书记，接受中共宣平县委领导。陈玉川回宣平后，支部书记工作交由蒋宝贤接任。

转眼到了春夏之交，潘漠华要离开宣平了。临行前，他交代曾志达，要求中共宣平县委花大力气开展统一战线工作，改造宣平的两大帮会组织青帮和百子会。又亲手在幼时佩戴的银质长命锁正面刻上了"参加革命，不盼长命"八个字，连同手稿和一对包金的银手钏一起交给堂姐潘翠菊保管。不料这一去，潘漠华竟然从此与家乡永别，再也没有回到生他养他的宣平大地。

第五回

百子青帮皆兄弟　文奇仕俊双入党

有清一代，宣平江湖帮派众多。民国建立后，宣平帮会分分合合，最后留下新老两派。新派为宣平北乡的十兄弟会、百子会，老派为宣平南乡的青帮。当时两派的势力很大，成员遍及全县各阶层，上至国民党县政府的行政官员、司法警长，下至偏远山区的劳苦大众，乃至国民党自卫队员中也有帮会骨干。两大帮会左右着整个宣平社会，影响很大。

宣平北乡的十兄弟会、百子会，其前身是反清会党组织宣平双龙会、锄头会，头领为潘文奇。潘文奇字芳斋，乃宣平北乡江望村人，清光绪十年出生，幼年读过书，懂医术，尤善造谱，即为人修撰族谱，名气在宣平、松阳、遂昌三县很大，两个弟弟都先后跟随大哥造谱为生。

清末，潘文奇长期以行医、为人造家谱为掩护，在宣平各地走乡串户，发展反清会党双龙会成员；双龙会追随鉴湖女侠秋瑾起义失败后，他又将宣平双龙会余众改编成立锄头会，开展抗捐抗税斗争。民国元年，锄头会千余民众为反抗苛捐杂税，曾手持器械攻入宣平县城，捣毁警署及自治公所。锄头会被武力取缔后，潘文奇又在松阳、遂昌、宣平交界山村组织十兄弟会、百子会。

　　所谓十兄弟会、百子会，即潘文奇先在某村选一个侠义之人，十个村共选十人，组成十兄弟会；再由十兄弟在本村选择同样有义气的十个人，组成百子会。如此一来，十兄弟会、百子会人数便滚雪球般扩大。十兄弟每月初一聚会一次，每村轮流做东。兄弟如有困难，大家解囊相助；兄弟中逢有婚丧喜庆、造屋盖铺等事情，百子会全体都来帮忙，只记账不计酬，一呼百应，有福同享，有难同当；村中如有不平事发生，百子会一视同仁，协助解决。冬日农闲，各村有演戏风俗，各村的十兄弟会头目，肩插一盏灯笼，编有号码，聚在一起，任何人不敢侵犯。

潘文奇

江望村距上坦村不过一里路程而已，潘漠华与潘文奇同出一宗。当潘漠华出生时，潘文奇在宣平北乡江湖上已甚有名望。潘漠华回乡后，与曾志达、陈俊相继做潘文奇的思想工作，指出帮会搞小团体无出路，人多力量大，只有跟共产党走革命道路，才是办法，才有帮会出路和个人出路。潘文奇本人出生贫苦，又经过潘漠华等人细致的思想工作，逐步接受了共产主义思想。后经曾志达等人介绍，潘文奇加入了共产党。

潘文奇成为党员后，发展了鲍振川、郑汝良等百子会骨干入党，并担任江望村党支部书记。在他们的带动下，百子会成员纷纷入党。潘文奇、鲍振川、郑汝良等人在大河源的蓑衣塘、铜锣形等山坞里的郑汝良家苞萝铺里召开会议，商讨成立武装队伍公开暴动，展开轰轰烈烈的打土豪运动。到了年底，百子会成员众多的宣平、松阳、遂昌三县交界的十几个村，农民运动便轰轰烈烈地开展起来了。

宣平南乡青帮历史悠久，首领为南乡新屋村人郑仕俊。青帮原先是清代漕运水手中的一种行会性秘密结社，始建于雍正年间。结社初衷乃是为了自保，常与官府作对，徒众皆以漕运为业，故称粮船帮。其成员最初分布于北直隶、山东等地，后来沿运河发展到江苏、浙江、江西等地。大江南北，入帮者颇众。到了晚清，青帮分为两派，一是主帮，由浙东温州、台州人组成；一为客帮，由皖北、江北人组成。南乡位于宣平溪下游，河运繁盛，商船沿宣平溪经瓯江可直抵丽水、温州。宣平南乡青帮便由温处一带青帮溯江而上发展而来。

郑仕俊本为宣平县南乡梁村梁姓子，清光绪十七年出生，四岁时为南乡新屋村一从事水上货运生意的郑姓殷户领作养子。郑姓养父一直视郑仕俊如己出，疼爱有加、悉心教导。郑仕俊承欢膝下之时，养父便常常为其讲述《水浒传》中梁山好汉劫富济贫、家乡明代矿工领袖陶德义揭竿起义的传奇故事。这些英雄事迹潜移默化，使幼时的郑仕俊便心向往之。为国为民，建奇功于乱世，成英名于战时，渐成郑仕俊毕生所愿。

少年之时，郑仕俊便广交江湖豪杰，与宣平、丽水、松阳一带的青帮兄弟来往密切。郑仕俊性格豪爽、仗义疏财，没有几年，便将养父从事水上货运生意积攒下来的家资散去大半。清宣统二年，弱冠之年的郑仕俊，被宣平青帮兄弟拥立为首领。当时正逢清末，社会动荡，郑仕俊带领青帮兄弟效法水泊梁山好汉扶贫济困，为受欺凌的老百姓打抱不平，威望日高、影响渐大，振臂一呼，宣平南乡一带闻风影从。

中华民国成立，曾给了郑仕俊过上好日子的希望，但这希望又很快破灭。土豪劣绅压榨盘剥，苛捐杂税多如牛毛，天灾人祸层出不穷，宣平南乡的老百姓依旧都生活在水深火热之中，各地农民运动风起云涌。

郑仕俊深感青帮的救民济世之举，只是杯水车薪，治标不治本，无法根治社会问题。青帮作为农民帮会弊病很多，组织散乱、纪律很差、缺乏远见，教规教义带着浓重的封建迷信思想。青帮兄弟的素质也良莠不齐，一度让郑仕俊心里十分迷惘，不知道下一步该怎么走。恰在此时，陈俊来找他了。

原来曾志达指派陈俊去做宣平青帮教育改造工作。陈俊在国民党宣平县党部筹委会任青年部长，身边有不少同僚都是青帮成员。陈俊通过与他们接触，了解青帮内情，建立私人友谊，间接宣传中国共产党的政治主张，中共宣平地下党组织由此与青帮保持经常的联系。当时，宣平的行政官员、司法警长和老一辈警察、自卫队员等，大都是青帮成员。除郑仕俊外，南乡高畈人李定荣，老竹人萧政、郑春和等也是青帮重要首领。陈俊深入青帮首领郑仕俊、李定荣所在的新屋村、高畈村，做郑仕俊、李定荣等个人的思想工作。经过一段时间接触和进一步宣传，郑仕俊、李定荣等青帮头目对共产党主张逐渐接受，表示赞同，以至拥护。

到了六月，陈俊代表中共宣平县委，邀请郑仕俊等三十余名青帮大小头目在柳城城隍殿东厢房内聚会。陈俊首先肯定了帮会发起人的历史作用，同时也剖析了帮会主张的局限性，尤其是只讲义气、打抱不平那种原始教义，已不适应社会发展，最后为青帮指点迷津：搞帮会，搞小团体，是没有出路的；终其一生，也只是个大碗喝酒、大口吃肉的民间草寇，算不上真正的英雄豪杰，只有联合起来，反抗不合理的社会制度，才会有光明而广阔的前途。陈俊又借机宣传共产党的主张，动员青帮接受共产党的领导，结成统一战线，团结起来，共同对敌。郑仕俊、李定荣等帮会头目认为陈俊代表中共宣平县委所作的讲话，入情入理，会议中途，青帮首领几经商议，一致表示愿意听从中共宣平县委的领导。郑仕俊、萧政、李定荣等当即参加了中国共产党。

城隍殿青帮首领会议召开后，郑仕俊等回南乡，以设立香坛、招收弟子等方式扩大党组织。他们吸收新成员，除农会会员外各行各业其他成员也都是他们争取的对象。当年七月，成立了中共宣平南乡区委，郑仕俊任书记，下设马村、新屋、老竹三个支部。南乡区委成立后几个月，先后发展陈彦隆、周定旺、何仙仁等人入党，队伍迅速发展壮大，三个支部当时就有二十多个党员。南乡区委又先后在马村、曳岭脚、老竹等村秘密召开会议，各支部组织党员利用帮会便利，千方百计宣传党的路线、方针和政策，组织群众开展土地革命，和封建地主阶级做斗争。不久，南乡横塘村正式成立区农民协会，此后南乡各乡纷纷成立乡农民协会。凡是农协组织之地，减租、改佃、契约、婚姻、产业继承等方面的问题，均得到妥善解决，百姓遇事不再求告无门。区、乡、村各级农协组织成立之后，短短几个月，南乡全区就有千余人先后参加农会组织，还在南乡麻村龙王庙召开了活动分子大会。

原先青帮成员三教九流、良莠不齐，接受党的领导之后，郑仕俊开始清理门户，将违法违规、损害青帮名誉的人清扫出门，拒绝好吃懒做、不务正业的人加入帮会。

青帮蓬勃发展，农协日益强大，那些日子，郑仕俊几乎不着家，率领大家与乡长、保长斗争，打土豪、斗地主、烧田契，开展"二五减租"。当时不少地主仗着掌握土地所有权，经常任意撤佃，为此，南乡党组织在横塘村成立了南乡初级佃

047

业仲裁会，召开群众大会，宣布地主将田地租给佃农耕种后，要严格按照规定，实行"二五减租"，不得任意撤佃，并取消不合理的"田鸡""田底"制度。这"田鸡""田底"是什么呢？"田鸡"就是逢年过节，佃户都要向地主家送鸡；"田底"就是佃农想租种田地，必须事先向地主交纳一定数量的银圆，等谷物收成后再结算，层层盘剥下来，农民收入所剩无几。

南乡农民运动搞得轰轰烈烈之时，郑仕俊开始筹措经费，准备购置武器，建立农民武装。几经商议，决定南乡党员带头出钱，每人出银圆一块三，新入会的青帮会员每人也收取会费银圆一块三，农民协会组织也向会员收取少许会费，还向地主家"借"了几笔。为了筹钱，郑仕俊把老婆陪嫁的金手镯也偷偷卖掉了。

到年底，中共宣平县委先后建立北乡区委、城区区委、华塘区委、江山区委、南乡区委等五个区委、三十六个党支部，共有党员五六百人。

第六回

冲真观会议批盲动　曾志达雪夜脱狼窝

　　转眼间已是民国十七年九月了，天气渐渐凉了，谢玮心中的火气还是压不下去。这天晚饭后，他还在屋里坐着生闷气，忽然接到县委通讯员送来的口头紧急通知，要求立刻动身前往冲真观参加全县干部紧急会议，并告知与会暗号。

　　谢玮是宣平县北乡西山下村人，民国十六年冬由曾志达、陈俊介绍加入中国共产党。入党后，谢玮积极在西山下、江山、章岸、黄泥山、坊塘、外源等村发展党员，后任中共宣平县江山村支部书记、江山区委书记。上个月，因谢玮与他人一起多次请示举行农民暴动，不断责怪县委胆小，被县委免去江山区委书记职务。谢玮原本多次请示县委未果心中便有气，因此被免职后，心中更是愤愤不平。

"还不是又要开会制止农民举行暴动？这样的会今年不是已开过两三回了吗？乡亲们要求举行暴动的呼声还不是一浪高过一浪吗？"接到通知后，尽管心中有气，嘴里发几句牢骚，谢玮还是立刻动身前往五六里路外的冲真观。

冲真观位于县城柳城之北五里处，乃大唐道士叶法善舍宅为之，初赐额宣阳，后改冲真，为宣平县最有名的道观。谢玮到达冲真观时，才发现这次会议气氛异常。

原来百子会、青帮两大帮会改造成功后，一时间，宣平各山村纷纷成立农会，群众革命情绪高涨。在党员骨干的带领下，各地纷纷开展"二五减租"运动，向土豪劣绅清算剥削账，开仓放粮，焚烧不合理的契据，并没收地主豪绅掌管的庙产、会堂、房产的经费，作为党的外围组织活动经费。但部分党员对土地革命性质认识不足，把土地革命等同于劫富济贫，他们高喊着"劫富济贫"的口号，带领农民到处"请财神"绑肉票索取赎金，曾志达曾派人劝阻，但未得到有效制止。

阴历年过后，中共宣平县委多次召开县委扩大会议，传达党的八七会议精神，要求在组织农民暴动前，进一步加强农村党组织的发展工作。到了四月，中共浙西特委特派员徐东山到宣平指导工作，县委借烧香拜佛为名，在宣平名寺台山寺召开县委扩大会议，传达八七会议和中共浙江省委三月扩大会议精神，批判右倾机会主义路线。与会同志纷纷主张立即组织农村暴动，曾志达等县委领导则认为敌强我弱，暴动不易取胜，不主张盲动。

到了七月，中共宣平县委又借烧香拜佛为名，在宣平另一名寺岩山殿召开党委扩大会议。曾志达在会上分析批判了党内部分同志急于搞暴动的错误思想，提出不宜过早盲目暴动，要求到会人员散会后积极从事农村党组织的发展工作。到了八月，县委又在岩山殿召开县委、区委和支部书记参加的联席会议，曾志达分析了全县党组织情况和整个革命形势，批评了急于暴动的错误倾向，要求加强农村党组织的发展和农民暴动的组织等工作，并根据全国红军运动的发展形势，提出组织农民武装，为建立宣平红军打好基础。

　　此时，全国各地农民暴动风起云涌，特别是宣平北部永康、武义两县的农民暴动，对宣平农运影响极大。加上宣平土豪劣绅的压榨盘剥，挣扎在死亡线上的宣平民众到了忍无可忍的地步，他们寄希望通过全面暴动来夺取政权，改变困境。为了引导民众以正确方式开展斗争，制止盲目暴动，到了九月，县委无奈匆匆决定在冲真观召开全县干部会议。

　　以往县委开会多选在白天举行，以到寺庙烧香拜佛游览名胜为借口，还在寺庙里吃中饭，打麻将，公开而有排场。冲真观会议则完全不同：会议时间选在夜间，地点在冲真观边树林里；参会各区委、支部人员都有参会暗号；对不识线路的人，插香引路，沿途布置许多武装步哨；县委委员及区委、支部书记都列席参加。整个会议时间很短促，会议听取了各区有关民众情绪的汇报，中共浙西特委特派员徐东山在会上传达党的六大会议精神。鉴于省委被破坏，徐东山要求各县党组织做好应急措施，以防不测；并强调指出，违背上级指示搞暴动，这是党的组织纪律所不允许的，不能盲目暴动。鉴于全国各地武装起义纷起，会上，县委根据特委指示，告诫各区委、支部慎重行事，切不可自由行动。会议还决定根据中央八七会议规定，决定在县委中设立常委、执委制，曾志达为书记，陈俊、俞契琴为常委，吴谦、潘思源为执委，之后又增补阮芝唐为执委。

由于时间非常仓促，冲真观会议对某些党员中明显存在的盲动倾向未加认真讨论，就匆匆宣布散会了。会后，曾志达等县委主要领导意识到问题已极为严重，又连夜分赴各村召集开会，劝阻党员骨干控制情绪，不可盲动。

为了制止盲目暴动，曾志达又亲自到上陶村指导"小土改"运动，以求为全县党员干部作出工作榜样。曾志达根据党中央土地革命指导思想，开创性地领导上陶农民协会，实行"二五减租"，清算积谷，与地主面对面进行斗争；实行"小土改"，没收地主部分土地，分给贫苦农民耕种，兴办社会福利事业，共产党在上陶的政治影响迅速扩大。

十月十日，借着当局纪念"双十节"的机会，由曾志达主持，俞契琴具体组织，中共宣平县委在县城柳城举行了千人提灯大会。提灯大会期间，经县委统一部署，在全城张贴红色标语，极大地提升了中国共产党的影响力。提灯大会后，全县革命斗争愈加活跃，打击土豪劣绅，"增资减息""二五减租"运动轰轰烈烈开展起来。到了十一月中旬，县委又统一部署、统一内容、统一时间、统一行动，在全县范围内张贴革命标语：上陶党支部负责宋村至柳城段标语张贴，华塘党支部负责华塘至郑迴段标语张贴，城区党支部负责柳城至南乡一带标语张贴。一夜之间，全县沿途通行要道、凉亭、村庄均贴上标语。"拥护苏维埃！""拥护中国共产党！""拥护朱德毛泽东！""打倒新旧土豪劣绅！""拥护中国共产党开展土地革命！"等革命标语贴遍了宣平城乡。

到了十一月初，北乡上坦党支部和农民协会积极分子又纷纷酝酿暴动，曾志达等又连夜分赴各村做工作，宣传县委意图和防范出现盲动错误。随后，曾志达带领县委成员和上坦区委委员，会同浙西特委特派员徐东山到上陶村视察工作，在上陶村坞坛召开了上陶及附近十多个村数百名党员和农协骨干参加的群众大会，上陶村地主钱潘善、钱潘生、钱维忠被农民赤卫队押至会场旁听。会上，曾志达慷慨激昂地宣讲了党的土地革命主张，以上陶经验为榜样，号召农民起来开展土地革命，反对人剥削人的制度，推翻国民党反动政府的统治。会后，仅上陶村就有八十多名贫苦农民参加了农民协会，五十多岁的钱章余、陶亭奇还恳切要求加入共产党。

农村农民运动汹涌澎湃之时，中共宣平县委还在县城柳城领导工商界开展了经济斗争，并逐步转向政治斗争。在党的领导下，柳城店员工会向店老板提出了增加工资，改善生活，不睡门板，不能无理解雇店员等要求，并取得初步胜利，店老板每月给每个店员增加理发钱、洗衣钱两元；柳城手工业工会要求增加工资，经过斗争，最后由原来日工资一角多增加到两角多；柳城妇女协会则提出了政治要求：提倡剪头发，反对裹小脚，反对童养媳，提倡解放妇女，婚姻自主。党组织以青年读书会、平民夜校、妇女半日校为阵地，宣传革命宗旨，讲述革命道理，唤起民众，开展革命斗争。

省委、特委、县委禁止盲动通令下达后，宣平各地农民要求暴动的情绪依旧高涨，不断责怪县委胆小，基层党支部也多次请示举行暴动，县委始终没有答复。随后，县委将南乡区委上交的七百元银圆作为购枪资金，派陈俊和郑仕俊赴杭州购买枪支，准备有组织、有计划地举行暴动。

十二月中旬，受江西、福建及邻县武义、永康农民暴动的影响，宣平各地党员群众要求暴动的呼声越来越强烈。恰在此时，因在武义参加农民暴动被通缉而在宣平北乡樊岭脚村避难的宣平西乡区委书记陶德尊，自发组织樊岭脚村一批党员骨干，联络白岩、南源、上坦等地部分党员和群众，前往清修寺举行暴动，没收清修寺产银圆三千元，烧毁了庙宇田契，一时轰动全县。

接下来，吴谦、潘思源、谢玮也组织各乡党员群众，相继在青坑岭脚、西山下、上江、多宝寺、里九畈、吴宅及遂昌县瓦窑岗等地举行了十余次暴动，斗争锋芒直指地主豪绅。他们查抄地主豪绅的浮财，焚毁田契，斗土豪，分田地，革命的烈火在全县熊熊燃烧。

面对宣平溪两岸日益高涨的革命形势，土豪劣绅寝食不安，纷纷逃入县城柳城躲避，并要求反动当局派兵镇压。马口恶霸地主陈永怀气焰十分嚣张，千方百计勾结当局要谋杀吴谦，发誓说："我和吴谦的两个脑袋，只能留一个。留我不留他，留他不留我。"宣平县长张高惊恐万分，立即召开全县十九个乡的乡长会议，联名向驻丽水的省巡防军队告急，又请省政府派援兵镇压。

到了年关，正是山雨欲来风满楼之时，泽村小学教师、地下党联络站负责人陶璿被捕，随即叛变，供出中共宣平地下党县委、区委负责人的名单和住址，中共宣平县委和区委负责人名单全部泄露。国民党当局一面悬赏通缉县、区委领导成员：陈俊悬赏一百五十元，曾志达、吴谦、俞契琴、潘思源各悬赏一百元，潘渭、阮芝唐各悬赏五十元；一面发电向遂昌、金华求援。不久，从遂昌调来保卫团一个排，从金华派来省保安队一个连入驻宣平。国民党省防军和宣平、遂昌保卫团在宣平土豪劣绅的密切配合下，开始四处抓捕参加暴动的党员、农协干部和群众。

事出突然，曾志达立即通知各地党员火速转移隐蔽，自己则与继任江山区委书记王景贤一起，准备转移到杭州寻找党的上级组织汇报情况，请示工作。

军警马不停蹄直扑曾志达家搜捕时，曾志达、王景贤已隐蔽到下蒋村边前坑山坞的一个茅草铺里。敌人不罢休，就派了坐探等候在曾志达家里。

这时天下大雪，曾志达、王景贤两人都是衣薄肚饥，身上更无半文盘缠，两人困在山上，无法可想。为了筹集路费，第二天夜里，曾志达冒雪下山，到住在近处的梵天寺村表哥李金奎家，向表哥面授锦囊。

曾志达的父亲曾汤培是个忠厚老实的农民，平时就为儿子的事担惊受怕。现在见儿子被通缉，不忍心儿子东一夜西一夜地在外头受冻挨饿，便咬咬牙，暗地里把家里的一亩良田卖掉了，得了一百二十块银圆，准备送给儿子，让他远走高飞到外地避难去。可是家里有坐探守着，怎样把银圆交给儿子呢？曾汤培一夜无眠。

次日是农历腊月二十三，一大早，李金奎敲响了曾志达家的门。曾汤培打开大门，只见李金奎手里拿着一根竹棒，肩背一把雨伞，脚穿一双包着几片棕片的麻草鞋，一副买牛客的打扮。进屋后，李金奎对曾汤培说："小舅舅，我向你借点钱买头牛。牛价钱已经讲好了，还少几块钱，能不能给我凑凑啊？"

曾汤培一听，心领神会，连忙说："让我找找看，够不够，有么凑给你，没有也没办法。"这时，坐探从房里出来，对着李金奎上上下下看了一遍。李金奎将干粮袋递给坐探检查后，坐探头一缩，又钻回房间睡觉去了。

曾汤培把一袋银圆交给李金奎，并嘱咐道："天下大雪，一定要把牛看好，不要让牛给走脱了。"李金奎连忙回答："一定一定，舅舅放心好了。"

曾汤培又把装着一只熟鸡的布袋交给李金奎："家里只有

这点熟货了，你带着路上吃吧。"

李金奎也是心领神会，二话没说就揣进了怀里，匆匆告别曾汤培，离开了曾家。

这年的雪下得真大，路上堆的雪都没到人的膝盖了，山间小路全被雪覆盖，分不清哪是沟哪是路。李金奎靠着竹棒探路，转过几个山坞，在前坑茅草铺里找到了曾志达。挨到夜晚，曾志达、王景贤两人用围巾包住头脸，由李金奎在前面探路，冒雪启程赴杭州。

就在志达等人离开宣平的第二天，大批国民党军警人员又来到后溪村抓捕志达，抄了他的家，封了他家的门。

曾志达、王景贤两人途经兰溪时，碰上曾在宣平曾志达老婆舅开设的药店里当店员的兰溪人寿田，寿田热情地把曾志达请到家里，让自己的老婆到别人家睡觉，留曾志达等人在家里宿夜。寿田见曾志达瘦骨嶙峋，手脚冻伤，心疼地劝曾志达说："尚志呀，你父亲只有你们两个儿子，你自己又有儿子，妻儿老小，都指望你过日子。你家父母妻儿都指望你在一块过个安稳日子，你没日没夜在外头跑，家里时时刻刻在为你担惊受怕。听我劝一句，现在风头这么紧，不要去杭州了，先找点小生意做做，避避风头吧。"

曾志达听了，心里也不好受，妻子常常为着他从梦中惊醒。在这动乱年头，全家人苦守在一块，是比过担惊受怕的日子强。难受归难受，曾志达没有丝毫犹豫，谢绝了寿田的好心相劝。他说："寿田呀，世道不平，做样样生意都不容易，只有革命路一条，才能革出一个太平世道，才有我们种田人、生意人的活路。好马不吃回头草！我参加革命，就像骑上千里马，就要干到底，骑上马就不打算半路落马了！"

第七回
潘文奇牢房称硬汉　郑仕俊陆监逞英豪

　　曾志达与王景贤告别寿田，到达严州后，为方便日后同宣平方面的联系，又在严州大街震泰衣庄前一宣平人曾政彪所摆的膏药摊设立了秘密联络点。随后曾志达去了杭州，留下王景贤在建德洋尾埠草埠小村隐蔽工作。

　　由于时局紧张，留在建德的王景贤曾用药水向中共中央写过报告，寄到其通信处：上海法租界四十九号门牌飞飞脚踏车行。报告建（德）西、建（德）北已整顿组织，独建（德）南洋尾埠草埠一带无法整顿队伍，加之白色恐怖严重，难以久留，请示可否往别处去。后接到回信，并收到银圆十元，王景贤被安排到安徽某地工作。正当王景贤准备出发之时，在严州大街上突遭便衣警察逮捕。随即，曾政彪联络点也暴露，曾政彪被捕，他拒绝招供，服毒牺牲。这是后话了。

此时正在杭州购买枪支的陈俊和郑仕俊，通过南乡新屋村同乡的关系，向曾在浙江省省长夏超手下当军需官的青田籍人项潘兰，以七百元价格购置了八支捷克式手枪，准备运回宣平。两人正欲打点行装返回时，陈俊接到吴谦从松阳发来的六字电报——"母病重请勿回"，知道县委被破坏，不能回家。两人暂时将枪支存放在杭州西大街永宁巷六号项潘兰家的水井中。陈俊随即避往上海。郑仕俊认为宣平南乡并未组织暴动，应该不会被牵连，心存侥幸，故没有同行。不料一着不慎，满盘皆输。不久，郑仕俊在杭州四方庵宣平地下党联络站被捕，同时被捕的还有住在杭州城头巷九曲巷的潘振武。陈俊、郑仕俊所购枪支未能运回宣平。

曾志达、吴谦、俞契琴、潘思源等十余人先后到达杭州，聚在一起，却无法与党组织接上关系。后因风声日紧，闻知潘漠华在上海，遂到上海投奔潘漠华。潘漠华见众人蒙难而来，便通过关系，在法租界赫德路租了一间房子，隐蔽安顿了全体流亡人员。

在潘漠华的精心安排下，曾志达以上海浦江中学教师身份为掩护，参加上海沪西区委工作。陈俊先在上海教会学校教书，后因他是金陵大学农科毕业生，便到上海爱礼司洋行推销肥田粉，以掩护身份和维持生活。

沪上环境十分险恶，其余同志因无工作，生活十分艰苦。便有同志提出建议，要求上级党组织帮助解决工作和生活上的困难，也有的同志对革命产生了悲观情绪。了解到情况后，潘漠华面见全体流亡人员，严肃而又耐心地指出："我们参加革命，就要像何海云和詹蒙两位烈士那样，勇于做革命的奠基石。不要存在今天参加革命，明天革命就会成功的幻想，要树立长期斗争的思想，敢于吃苦，敢于牺牲，做一颗造房子垫地基的小石子！"

潘漠华又夜以继日地翻译俄国作家绥拉菲莫维奇的长篇小说《沙宁》，将译稿连同版权一起卖给光华书局，将所得的稿费和版权费八百块银圆，悉数交给曾志达等人用作生活费和往返活动经费，鼓励大家在危急关头坚定信念，增强勇气。

再说曾志达等人逃离宣平后，宣平境内第一波大屠杀随之而来，潘文奇、黄山东、洪定荣等一批党员骨干惨遭杀害。

潘文奇是宣平县政府悬赏通缉首要目标之一。

潘文奇是在家门口被捕的。那一天，潘文奇在家里为出嫁女儿的事忙碌着，宣平县警察局警佐突然带着一队警察闯到他面前。

"潘先生，县长有请，跟我们走一趟。"警佐拍拍腰间别着的手枪，对潘文奇说。潘文奇正在为女儿包上轿的红包，他心不慌手不乱，平静地说道："等一下，女儿上了轿我就走。"

潘文奇在宣平县的影响很大，警佐也曾与他过从甚密，有心想放他一条生路。当时天刚下过雨，路上泥泞溜滑，警佐便对潘文奇说："天下雨路上滑，你到里屋换双鞋再走。"警佐的意思是让潘文奇从后门溜走。不料潘文奇沉静地说："不要换了，走吧。"

当潘文奇被带到县府时，一双布鞋已被泥浆沾湿。县长张高出门相迎："芳斋兄来了，欢迎！欢迎！"

原来，潘文奇曾在组织帮会时被缉拿，关进过县监狱。当时县长张高的老婆正生大病，闻听潘文奇医术了得，就从班房里把潘文奇领出来，让他去医治。潘文奇的医术当时已有名气，经过几天治疗，还真把县太太的病医好了。从此，张高对他另眼相看，一切给予自由，后来由人作保出狱。这回，张高却是要劝降潘文奇了。

待潘文奇坐下，张高笑哈哈地献上茶说："芳斋兄，你我兄弟一场，弟媳的命也是你救下的。我看，你不要去干那共产革命了吧，在我身边干点事，少不了你的好处。"

潘文奇冷笑道："让我去杀共产党？让我去夺穷苦人的血汗钱？这当然'好处'多的是，可是我要做的恰恰相反。有一天，我要惩处你们这些败类，要把你这把交椅踏趴在地。"

张高嘴巴都气歪了，吼道："来人，给客人上菜！"哗！门洞里冲出四个大汉，扭住潘文奇的胳膊，推进了刑讯室。

"你说，你的上级是谁？"

"马克思、共产党！"潘文奇坐在老虎凳上，强硬地回答。

"好！嘴硬，给'索面油条'吃！"打手们将潘文奇反手捆绑在柱子上，用千筋藤条、牛皮鞭呼呼抽打，潘文奇身上衣服被抽碎，皮肉一条条地绽开，鲜血沾红了全身。

"说！你手下有多少人？"

"你挑两箩米糠来数一数，就是那个数。"

张高听了，暴跳如雷："枪毙这个硬货，给我毙掉！"

敌人不能从潘文奇嘴里挖出一点东西，面对坚强不屈的潘文奇毫无办法，终于狠毒地将他枪杀了。

郑仕俊也是宣平县政府悬赏通缉的首要目标之一。

且说陈俊避往上海后，郑仕俊为保护家中的养父、妻子、幼子不受迫害，便化名郑和斋，开始了在杭州的流亡生涯。没过几天，郑仕俊便在杭州四方庵宣平地下党联络站遭到国民党军警逮捕，囚禁在杭州陆军监狱。

在狱中，郑仕俊遭到非人的折磨，吃的是发霉的黑馒头，睡的是满是跳蚤臭虫的稻草堆，每日严刑拷打、威逼利诱，威逼交出宣平党的组织情况和暴动计划。郑仕俊始终坚贞不屈、视死如归。虽然几次绝食、越狱均失败，但从没放弃抗争。他对难友说："反动派可以打断我的手脚，但扑不灭我心中的火焰；可以夺去我的性命，但夺不去我的信仰。"

虽然枷锁满身、伤痕累累，郑仕俊靠在臭气熏天、阴森潮湿的监狱墙壁上，每天都默默思念着妻子和幼儿。对于家人来说，郑仕俊已经失踪近一年，他不知妻儿带着老人如何在这样的年岁里艰难度日，不知他们在担忧、悲伤和恐惧中如何日夜挣扎，也不知他们是否托人辗转四处寻找失踪的父亲和丈夫。每念及幼小的儿子，从此失去父佑，独自面临人生风雨；一向柔弱的妻子，失去丈夫的依靠，要一肩担起整个家庭重担；年老多病的父母失去心爱的儿子，白发送黑发，郑仕俊便不禁心如刀绞、潸然泪下。

民国十九年八月，中国工农红军大规模攻打长沙之后，国民党在全国范围内加紧屠杀监狱内的共产党人和革命志士，制造白色恐怖。二十七日上午，国民党浙江陆军监狱接连枪杀了郑仕俊和中共浙江省委书记徐英，中共浙江省委代书记、中央特派员罗学瓒，共青团浙江省委书记裘古环等十九人，史称"八二七"大屠杀。八月二十八日，中共中央机关报《红旗日报》以《残酷的白色恐怖》为题，对"八二七"大屠杀专门作了报道，全文如下：

> 杭州：押在浙江高等法院的革命战士，昨日忽提出十九名(有的已判处徒刑)交军事机关枪决。姓名如下：詹梓祥，李海炽，石天柱，杨晟，陈琳(即边世民)，扬子华，陈金立，王屏周，叶自然，吴声，余亦民，裘故怀，曹素民，李临光，陈敬森，徐英，贾南坡，赵刚，郑和斋。

后人有诗赞郑仕俊：

新屋梁村一线牵，青帮首领庶民连。
恤贫仗义豪强抑，革命征途入党先。
为讨公道显群力，筹购枪械敢身捐。
陆军监狱良师友，英烈名标青史传。

八十多年后，宣平县南乡早已划归丽水市莲都区管辖，郑仕俊之子郑其进才知道丽水市万象山革命烈士纪念碑上的郑和斋，便是自己的父亲——当年宣平县南乡第一个加入中共党组织的青帮首领、失踪八十多年的郑仕俊。

第八回

曾志达向党呈报告　郑友瑞抢功攻柳城

　　一夜寒风呼号后，天终于放晴了，十里洋场披上了万道霞光，春色重回沪上。四月二十一日上午，在潘漠华的带领下，曾志达终于见到了中共中央巡视员卓兰芳。

　　曾志达向卓兰芳呈上《浙江宣平党务报告》，当面汇报了宣平党组织和农民运动、农民暴动遭反动派镇压的情况，以及县委下一步的工作设想：在宣平开展武装斗争、建立游击根据地，请党中央给予指示。卓兰芳曾任浙江省委书记，熟悉浙江情况，当即代表中央同意了曾志达的意见。

　　宣平县、区委领导避居上海期间，仍与坚持在宣平斗争的党员保持密切联系。得到中央、省委指示后，宣平县委决定派陈俊、吴谦、阮芝唐等人先行潜回宣平，发展和恢复党的组织工作。曾志达率其余同志暂留上海，参加上海党组织领导下的革命斗争。

"人间四月芳菲尽，山寺桃花始盛开。"到了暮春时节，地处宣平、松阳、遂昌三县交界处的直源村，因居于深山老林之中，一到晚上，还是寒风阵阵，气温直降。

那个晚上，天黑沉沉的，看不清房门外隔坑山上毛竹摇曳的风姿，只传来山涧溪水的哗哗声，和头顶上呼呼的山风撩拨房顶茅草的哗剥声。八岁的邹国贤和母亲一样，衣衫单薄，正依偎在锅灶后的地炉床前一边取暖，一边提心吊胆地等候父亲回来。

"吱"的一声响，房门推开，邹国贤看见父亲走进厨房，后面跟着十来个人影。母亲以为出了什么意外，呼的一声站了起来，按在邹国贤肩上的手在索索发抖。

"没事！孩子他娘，快点灯！"父亲一边安慰母亲，一边将那些人往饭桌前领。

母亲定了定心，从锅灶孔里取出一支纸媒卷，凑到地炉床的火堆里点燃，甩手摆了几下，火星在黑暗里划出几道弧光，然后凑到嘴边"呼"地一吹，纸媒燃烧，豆粒大的火苗蹿了起来。父亲从柱子上取下家里唯一的那盏洋油灯，手指伸进灯罩捏住插在灯芯里的铅丝，把纸芯往上提一提，凑近纸煤火点亮，摆到桌子中间，屋子里霎时亮了起来。跟着父亲进来的十几个人已围着桌子坐好了。

邹国贤借着光亮一看，这十来个人中有几个是直源村和附近十里路外碧水坛村的叔叔伯伯，还有几个是从未见过面的陌生人，内中有一个人穿呢大衣，高高的个子，英俊的脸膛，头发向后梳，穿黑的拷皮衣服，样子很洋气。

"孩子他娘，你去正屋里靠路边的窗口看着点吧！"父亲对母亲说。母亲点点头，走回邹国贤身边说："那边冷，你坐这儿取暖，娘一会儿就来。"邹国贤学着母亲的样子，听话地点了点头。

一直注视着邹国贤的那位头发向后梳的叔叔高兴地向邹国贤走来，"孩子真乖，叔叔给你糕饼吃。"说着左手从口袋里摸出一纸包东西递给邹国贤，右手拍拍邹国贤的头亲热地说："拿去吃吧！"

邹国贤仰起头，看着这位顶和气的叔叔，又不知所措地看看父亲。父亲笑笑点点头，邹国贤才赶紧站起身，两手使劲在衣服上擦了擦，恭恭敬敬地把糕接了过来，捧在手心。那是一包薄荷糕，邹国贤感激地对着叔叔傻笑，叔叔也对邹国贤笑了笑，回到桌旁讲话去了。

邹国贤小心翼翼地将薄荷糕摆在凳子上，轻轻地扯开纸包，露出四条小薄荷糕，取出一条，把另外三条原样包好，放进口袋。拿过取出的那条薄荷糕，用舌头尖轻轻地舔了舔，真甜；用牙尖轻轻地咬一口，真香。邹国贤细细地在嘴里嚼着，舍不得咽下肚子。那边叔叔伯伯们围着油灯在轮流讲话，只隐隐约约地听到几句"革命""暴动"的话。

鸡叫三遍，村里的叔叔伯伯和碧水坛的叔叔伯伯才各自回家。那几位陌生的叔叔就睡在邹国贤家楼上。

从此以后，那几位陌生的叔叔伯伯常来邹国贤家开会。一回生，二回熟，邹国贤常缠着他们讨香烟盒玩，也就混熟了。

到了第二年，直源村一带成立了宣平工农红军西营指挥部，邹国贤才知道，那位长得很洋气、头发向后梳、给他吃薄荷糕的叔叔，就是中共宣平县委委员吴谦。

原来吴谦受县委指派，离开上海后，扮成唱洋戏的人，随身带一架留声机，走村串户，活动于宣平、松阳、遂昌边境，秘密联络避往外地的党员，恢复党的组织活动，准备发动武装暴动。

陈俊则利用上海爱礼司洋行员工推销肥田粉的名义，秘密回到丽水、松阳一带活动。陈俊经常约上坦区委委员鲍建华到松阳黄集成商店秘密相会，并与柳城青帮首领郑春和取得联系，了解宣平局势。陈俊曾三次潜回宣平，一方面了解情况，一方面安慰在家同志，告诉大家，县委虽在上海，但决不会忘记在家坚持斗争的同志，更不会忘记因暴动被捕入狱的同志，县委一定会设法营救狱中的党员、群众。

因老家上陶村一带实行过"小土改"，党的群众基础极好，阮芝唐回到宣平后便潜回老家，秘密开展地下工作。到了当年十月底的一天，党员郑友瑞找上门来，说是传达县委指示，要组织农军攻打宣平县城，营救去年底参加暴动被捕的党员群众。阮芝唐原已风闻县委攻城劫狱计划，见郑友瑞说得有鼻子有眼，信以为真，当下便召集相关人员开会，推举郑友瑞为攻城劫狱总指挥，阮芝唐、王湘为副总指挥，组织北乡近千名农军准备攻城劫狱。

王湘，宣平县北乡西坞村人，在丽水师范就读时加入中国共产党。师范毕业后，王湘以教书为掩护，先后在宣平县江山村、西塘村小学当教员和校长，秘密从事革命活动。后又受上级党组织派遣，在丽水、宣平、松阳三县交界地带开展地下斗争。

原来，当年十月，潘漠华、曾志达等人根据宣平地下活动同志掌握的情况，在上海商议，打算趁赣东北方志敏部红军来浙江抢运食盐之机，在阳历年组织人员攻打宣平县城柳城，营救去年暴动时被捕人员。县委为减少牺牲，主张内外夹攻，一方面组织力量攻打宣平县城，一方面与城内同志取得联系，重点注意城内策应，届时里应外合统一行动。柳城虽名为县城，其实没有什么真正的城门，只不过在县城东、南、西、北四处要道设了一道木栅栏，到处可以破门而入。城内还有一批党的力量和一大批同情革命的群众，只要配合得当，不难一举成功。不料县委意图被在金华县安地一带活动的党员郑友瑞得悉。郑友瑞，化名郑海山，绰号苍蝇，长期在宣平、金华、武义三县交界的金华县安地一带活动。郑友瑞获悉县委攻城劫狱计划后，急于个人扬名，为抢头功，未等县委做进一步指示，就约隐蔽在金华、汤溪、武义一带的部分宣平地下党员匆匆回到宣平，告知在乡诸人员，筹集武器、经费，秘密组织攻城农军，提早行动。北乡各地党员群众报仇心切，一呼百应，半个月时间共集合了近千名革命群众参加农军。

十一月十八日晚上，七百多名农军分别在庆恩寺、西叶桥集中，决定以白布袖章作标志，以自制的黄檀炮和民间筹集的鸟枪、大刀、竹叶枪等为武器，连夜攻打宣平县城。

由于脱离县委领导，行动失密，国民党宣平县政府对农军攻城劫狱早有防备。当攻城农军到达宣平城郊郑迥村关公庙时，被国民党宣平县保安队发现，双方展开激战。郑友瑞缺乏军事常识，不懂战术，按部就班命令农军向戒备森严的北门发起了进攻，而不是向其他防守相对薄弱的地方发起攻势，结果第一波攻城失利。郑友瑞又命令农军用黄檀炮轰打县城，但土炮威力很小，炮弹是用破铜烂铁等为主、圆铅铁子为辅锻造的明火武器，不能连发，杀伤力不大，守城的保安队只是虚惊一场。随后，王湘指挥农军改变战略，以一路佯攻，另一路循宣平溪溪流摸到城边，从东门攻入县城。此时，国民党县政府人员早已闻讯仓皇出逃，被囚禁在监狱里的中共党员和暴动农民骨干也被转移，牢房里空无一人，劫狱未能成功。大队农军见扑了个空，遂从县城西门出城撤往章五里村，分散回家。

农军撤退时，有几人在战斗中被敌人打伤，王湘不顾个人安危，冒险抢救，把伤员送回家中。此时已快天亮，王湘行踪被叶村大土豪徐某发现。徐某当即赶到县城警察局报告，并带着一班警察前往西坞抓捕王湘。王湘得左邻右舍掩护，当警察走进大门时，早从后门安全转移了。农军战士黄舍华因脚部受伤掉队被捕牺牲，头颅悬挂城门示众。

在上海的曾志达等县委负责同志，得悉攻城劫狱失败消息后，未责怪郑友瑞等人性急，急于求成，只怪县委领导自己太拖拉，未能及时作出指示，更叹息躲避在邻县的陈俊、吴谦等工作能力较强的同志，都没能参加这次行动，失败便难免了。

第九回
邱金隆慈仁寺举义　陈逸飞羊虎坪整编

　　宣平农军攻城劫狱失败后，曾志达经中共闸北区委领导人徐强介绍，由上海党组织安排到江苏省委举办的互济会训练班学习。互济会当年乃是中国共产党领导的群众性社会救济团体，是党的外围群众组织。学习结束后已是民国十九年元月了，党中央派曾志达到浙江恢复浙西特委，兼任杭州互济会委员。后因白色恐怖严重，浙西特委未能正式成立，曾志达奔波义乌、金华、兰溪、衢州、分水、建德一带调查情况、指导工作，为响应党中央的"南方五省大暴动"决定而积极开展准备工作。

　　转眼已是四月，中共中央巡视员卓兰芳到杭州贯彻中共中央年初向全党发出的通告："争取一省或几省首先胜利"。为

"夺取浙江一省胜利",卓兰芳提出开展以诸暨为中心的浙西总暴动和发动十几县农军围攻杭州的计划。浙西各县党组织接到指令后,均积极酝酿发动农民暴动。浙江全省由此开展了以"夺取中心城市"为目标的农民暴动,诸暨、建德、永康、武义等地相继爆发农民暴动。

且说吴谦、阮芝唐见宣平农民暴动条件日益成熟,便重回上海向曾志达汇报情况,请示到底怎么办?曾志达指示两人:先搞暴动组织农民游击队,后组织正规红军。吴谦、阮芝唐两人在上海待了十余天,参加了上海党组织召开的纪念五卅惨案五周年群众大会,在会场散发传单。会后,两人即返回宣平。

早在三四月间,江西方志敏的红十军曾计划冲出国民党军的包围圈,到浙江沿海取盐取药品,并派人到永康、武义、宣平一带组织红军,初定番号为红十军第七纵队,其中永康为第一支队,武义为第二支队,宣平为第三支队。到了六月下旬,曾志达、陈俊得到消息:邱金隆等人已建立宣平北营红军,队伍已发展到近千人。两人听了大喜,当即商议,决定陈俊先回宣平,确定宣平北营红军番号为红十军第七纵队第三支队第一大队,代表县委加强对红军的领导。两人约好一个月或两个月后,在杭州省委通讯处华英旅馆会面。

且不说陈俊如何回宣平,只说为何短短数月之间,宣平突然会冒出近千红军呢?这不得不说说一个人,那人就是宣平北营红军指挥邱金隆。

邱金隆,乳名满满,宣平北乡叶坑村人,年少时即以为人硬气闻名乡里。

"碓米吃糠皮，卖柴烧柴皮；屋脊盖树皮，家家饿肚皮。"这是当年流传在叶坑村的一首"卖柴歌谣"。叶坑村坐落在括苍山系一条峡长的山谷里，分内铺村和外铺村，村民靠山吃山，常年靠卖柴度日。邱金隆一家，就靠砍柴卖柴度日。

邱金隆十二岁那年冬天，雪下的特别早，特别大，几天过去，家里只剩下留着过年吃的一坛子番薯丝了。那一天，全家人已两顿饭没开火了，都躺在床上的草窝里，不动不喝不吃，忍受着寒冷与饥饿。大人有忍耐心，邱金隆可熬不住了，时到近午，他一骨碌从床上跳下，用两片棕毛把双脚包了一下，拿了砍刀就上山砍柴了。

人要健，全靠练。邱金隆尽管双脚冻成红萝卜，身上破衣裳不遮肉，但他一到山上，照样生龙活虎，挥刀砍树丫，一会儿工夫，身上冒热气，脸上挂汗珠，两捆柴已经捆好了。

为了晚饭有粮落锅，他摇摇晃晃，一步一滑地担了柴到十里山路外的上坦村去卖。

下了多天的雪，许多人家柴火就紧缺了。上坦村里有户财主，袋里有钱，柜里有粮，但是是个屁股夹茅草——屁门紧的人，总是事事想占便宜。那财主见金隆担了柴火来卖，赶忙走过来说："一捆柴一个铜板，给你小人撮个便宜，快担我家去。"

旁边的一个老太婆听了，很是不服气："大人一担柴卖十个铜板，这个小人落雪天担来柴，虽然斤两不如大人多，总不止一担柴给两个铜板呀？你看看他冻成什么样子了？"

那财主听了，"嚎"一声："你给他三个铜板，这一担柴就给你担去。"

老太婆听后呆了，不敢发声，她家是半个铜板也拿不出呀。不料，邱金隆却真的掉过柴担，担着柴向老太婆走来，口里说道："阿婆，这担柴卖给你家烧，不要你家付铜板，随便给几斤番薯丝或者苞萝就行了。"

财主见了，忙叫道："哎哎，小活鬼，我给你五个铜板，快担到我家去。"

邱金隆不理他，跟着老太婆走了。邱金隆把柴放在老太婆家里后，老太婆对金隆说："我看你是个有骨气的人，我这里还有十几斤番薯丝你背回家吧。"

邱金隆背着番薯丝在上坦村里走过。有人说这小人真憨，五个铜板不要，只要值一个铜板的十几斤番薯丝。邱金隆却说："我就要这袋番薯丝。"

叶坑村里人知道这事后都说："金隆人小有硬气，将来有出息。"

邱金隆二十岁时，到溪口村一地主家里做长年。他体格健壮，力气大，人又勤劳，好几户地主都争着雇他做长年。这一做，金隆就一气做了六年长年。

到了二十六岁，不到半年光景，这些地主都不要金隆做长年了。有的刚雇了他就赶他出门，说他是"不听话的长年"。金隆的长工身份变成了短工。

原来，当时在溪口村附近的白岩头村一带农协活动已蓬勃开展，再往北，武义县仰天垄一带已有红军队伍在活动。金隆白天干了农活，一到傍晚就不见人了。开始，那个地主见他干了农活不吃晚饭，心里很高兴——省了顿饭，也是便宜事。可是，一连几天都这样，才觉得不对头。最后知道金隆与农协有联系后，便怕个半死。

　　实际上，邱金隆不但与农协有关联，而且早已加入中国共产党，任叶坑村党支部书记。

　　忙完春耕，田里的农活做完了，金隆问东家做什么农活，地主就说："这些天家里没有生意做了，你去别家做几天吧。"金隆找了其他几户地主家，都是这样回他。金隆的短工也做不成了。

　　到了年底，邱金隆因积极组织农民协会，进行反霸减租斗争，与吴谦等人被宣平县政府追捕，避居武义地界。到了民国十九年四月，邱金隆投了武义西路红军，驻扎在仰天垄。

　　原来当年春，宣平北部邻县武义的农民揭竿而起，实施大暴动，组织了东西南北四路红军游击队，队伍扩展到三千余人，影响遍及邻近各县。当年的中共中央机关报《红旗日报》头版曾对武义红军游击队做如下报道："武义农民游击队自本年二月创建以来，跟着目前全国革命浪潮之日益扩大，同时其游击斗争日益发展，经常地与国民党白军开火，解决地主豪绅，得到广大农民和劳苦群众的拥护。最近于本月十七日在该县西乡，又与白军激战，白军一败涂地，拖着尾巴回城内去，缩在城内的一般土劣地主,极度恐慌。现在该县已在武装农民包围中,该县的游击队代表与东方军委接洽,转编为红军,继续开展土地革命,建设苏维埃政权。"

四月下旬,武义西路红军遭省保安队包围袭击,邱金隆突围后回到家乡,联络隐蔽在武义、永康、金华、汤溪一带的宣平中共党员和农民暴动骨干邹高水、陈祖训等十余人,酝酿建立宣平红军。邹高水又名祝高水,宣平县北乡金村人,后过继给樊岭脚村祝姓人家,故又姓祝。五月初,邱金隆、邹高水聚集相关人员在吴宅村梨树畈的树林中秘密召开会议,准备起事。六月初,邱金隆、邹高水率党员、农协骨干六十余人,人人手持刀、棍,在吴宅村的慈仁寺揭竿而起,成立宣平北营红军,邱金隆任指挥,邹高水任副指挥。当日,红军夜宿八百村,在八百村张贴革命标语,做红军符号标志。翌日,队伍到达东弄源村。红军在八百、东弄源大力宣传共产党主张,动员贫苦农民参加红军。

当时参加宣平北营红军的,除了部分被追捕的老党员外,多数是过去农民协会会员。他们听说宣平红军成立,莫不雀跃三尺,拍手欢迎。邱金隆原先在溪口村当过多年长工,在白岩头村参加过农协活动。宣平北营红军成立后,邱金隆与溪口村党支部书记潘四妹一起,到溪口、白岩头发动地下党员、青年农民参加红军。邹高水也专门与潘四妹一起,回老家金村发动乡亲们参加红军。当时金村有十八人加入红军,皮子源村有三十八人加入红军。还有静妙寺和尚、清修寺和尚,中共地下党员修钱、修德、修胡、增辉，也带着从土豪劣绅家缴来的鸟枪和经费，参加了北营红军。不数日，红军队伍已达两百余人。不出半月，宣平北营红军人数已达七百余人。邱金隆、邹高水率领队伍开上羊虎坪村扎营。

羊虎坪村地处宣平、武义两县交界处的仙霞岭山系白岩头尖山腰，山高林密，顾名思义就是山羊和老虎出没的地方。村庄四周群山怀抱，只有一条山间羊肠小道通往二十里路外的县道，路旁是悬崖峭壁。北营红军入驻后，相继在村口龙潭岭头磊起四个石寨，在村外一里路的龙王殿旁磊起两个石寨。每个石寨都架起土炮，安排人员把守。红军还在村里设立了营部、连部。指挥部设在村庄最高处的老乡祝兰旺家里，屋边有块大岩石，岩石顶上设有岗哨，营部设在祝德茂家，并在村庄对面高山脚下的大杉树脚、内菜园搭起十来个茅草铺，驻扎红军。村庄四周高山上也放有岗哨，无论国民党军从宣平或武义方向进犯，岗哨一发现就可吹号，通知部队做好战斗准备。当时村里只有十六户山民，八十余人。村民为了支援红军，把自家养的猪也关到山洞里，让出房子让红军驻扎。

北营红军专门集中了红军队伍中会做裁缝的四五位战士，在红军指挥部担负做红军扎包、裹腿、灰洋布军装工作，潘四妹负责把红军印章印在符号上。印是方的，符号上的旗是用红布做的，旗上有斧头镰刀，用布缝制在旗上的。北营红军还制了大旗，有军事行动，都背着大旗去。那大旗有晒谷的小地垫那样大，旗上顶部写部队番号，往下有斧头、镰刀模样，用白布缝制在红布旗上，旗中间有"红军"两个毛笔写的大字。

随着北营红军人数不断增加，红军生活供给发生困难，连饭也烧不出来。邱金隆、邹高水就指派吴苏文、祝庆坛率部分红军分别到野山后、大水上设立分营，与羊虎坪形成掎角之势。

部队给养解决了，邱金隆、邹高水又派人秘密潜入县城柳城，专门请来在柳城打铁的吴原标、吴普德等六位景宁铁匠，到羊虎坪驻地为红军打造土炮和大刀、红缨枪。后来又通过宣平西营红军，从牛头山的遂昌县天堂村挑来三十多担铁砂，制造土炮。打铁工场设在村民张森土屋，当时六个人在羊虎坪整整打了四十多天铁，造过"过山鸟"土炮七门，每门重四十斤，打过刀、红缨枪不计其数。

土炮有了，却没有火药，红军又是自己动手提炼。红军在羊虎坪村边一个岩洞里修建了炼药场，村民祝章海懂得冶炼技术，独自一人在洞里为红军提炼火药。那时正是炎夏时节，天气闷热，祝章海只穿一条短裤，在洞里日夜提炼火药。不料火药爆炸，祝章海全身被火药灼伤，全身皮肤溃烂，无药医治，在痛苦中凄惨死去。

皮子源村有处岩洞叫作燕子岩，由一洞二洞三洞相连。洞内是蝙蝠栖息地，洞外岩壁上是燕子的居住地，故称燕子岩。燕子岩洞内遍布硝土，附近山民几百年来在此煎硝，提炼火药，用于狩猎。邻近龙潭背村的中共党员廖根兴、左舍豹、左树金三人，将燕子岩打造成北营红军的火药加工地，由金村的地下党员巩丙亮、巩水林父子将提炼出的火药源源不断送往羊虎坪，支援红军战斗。

由于羊虎坪村山势险要，国民党军队一时未敢轻举进剿。

吴谦、阮芝唐从上海回来时，带回一批传单和互济会的募捐薄。两人回到宣平时，才知晓宣平北营红军已成立。两人与邱金隆一时接不上联系，便先回到阮芝唐老家上陶，准备与潜伏的地下党员接上关系。事有凑巧，两人回到上陶那一天，恰逢北营红军途经上陶去上江村惩办大地主王增寿。这真是踏破铁鞋无觅处，得来全不费工夫，两人便在上陶村与北营红军接上了关系。

原来，北营红军为筹集经费，向上江村大地主王增寿派款五百银圆。王增寿故意拖延不交，反而密报驻扎县城的省保安队，约省保安队到时前来攻打红军。六月十六日，红军五百多人吹着军号，举着红旗，浩浩荡荡开往上江村，准备捉拿王增寿。

红军到达上江时，王增寿家早已人去楼空，红军战士群情激愤，一把火烧了王家廿一间房子。下午，红军队伍又浩浩荡荡朝溪口村等地进发，一路高呼口号，张贴标语，宣传革命。当红军队伍到达月松庵附近时，与一队国民党警察相遇，红军立即发起进攻，杀声震天，警察吓得落荒而逃，有的丢了枪，有的丢了帽子。红军大获全胜，回转东弄村吃了晚饭后，连夜回羊虎坪宿营。

北营红军建立后，经费来源主要靠向地主老财派款解决。

由于参加红军的人数日益增多，鱼龙混杂，有的浑水摸鱼，有的冒名顶替，假借红军名义向地主老财派款私分，引起吴谦等人的关注。经吴谦提议，在上陶村陶新横家开会建立了北营军事委员会。委员会由吴谦、阮芝唐、陶新横、李金宏、祝庆坛等人组成，专门负责和监督派款事项，将擅自派款私分的人员开除出红军队伍；同时加强了对参加红军人员的审查，凡参加红军的须有介绍信或证明人。后因省防军清剿，委员会迁至八百头村农户家。那八百头自然村地势高，可眺望四周，一有动静村里的狗便狂叫；听到狗叫声，委员会成员就可迅速隐蔽撤离。

北营军事委员会成立后，吴谦便回到宣平、遂昌交界地带开展工作，准备找郑汝良等人一起创建宣平西营红军。

过了十天，邱金隆、邹高水得到省保安队一个连五十余人由武义开往宣平驻扎的情报，立即率军在吴宅村旁设下埋伏。下午，省防军到达吴宅村边时，五百余名红军向省防军发起突然袭击，两军在吴宅村水碓屋边展开激战。红军人多势众，并架起土炮向省防军攻击，炮声震天，省防军士兵吓得心惊胆战，只得躲进水碓屋里龟缩防守，被红军团团包围。一时间，敌我相持不下。

真是无巧不成书。恰在此时，受曾志达指派回宣平加强对红军领导的陈俊路过吴宅。原来陈俊受曾志达指派从上海回宣平，到达兰溪秘密通讯处后，便化了妆，随宣平红军派来迎接的人返回宣平。陈俊原本想先到上陶会晤阮芝唐等人，再与北营红军联系。不料在吴宅，陈俊却与正在激战的北营红军相遇了。陈俊见白军只有五十多人，红军有五百多人，红军已将白军团团围住，但红军武器装备太差，一时半会也无法消灭白军。陈俊便建议邱金隆、邹高水等人用喊话方法向白军劝降，叫白军士兵携枪过来，认为分化比硬打更有效，但打战正在兴头上的邱金隆、邹高水等红军领导人见形势有利，不肯这样做。陈俊见状，只得先行离开。

天色渐暗时，红军发起总攻，不料红军土炮发射的是用锡做的弹丸，炮弹打到省防军身上只能粘在衣服上，没有杀伤力，省防军回过神来，立即趁天黑向红军发起反攻。混战中，副指挥邹高水左手中弹负伤，战士潘连方、潘子进等三人当场中弹牺牲。邱金隆见难以取胜，只得率军撤出战斗，退回羊虎坪休整。省防军经此一战，再也不敢向前，也掉头逃回武义。

当夜，陈俊赶到上陶，会晤阮芝唐，了解吴谦、阮芝唐回宣平后的工作情况。次日，陈俊、阮芝唐召集北营红军干部在上陶开会。陈俊针对当时红军中存在的一些问题，统一干部思想，强调要加强党对红军的领导；强调红军要有军事纪律和政策观念，不准乱杀人，对邮差、地主子女和土豪劣绅要区别对待等。当时，北营红军已准备将抓获的两名地主子弟处死，陈俊了解情况后，立即派人前往羊虎坪，改为赎票释放。

过了两天，陈俊、阮芝唐两人前往羊虎坪村，会晤邱金隆等人。在北营红军总部，陈俊根据县委指示精神，宣布宣平北营红军改编为红十军第七纵队第三支队第一大队。邱金隆要求陈俊担任宣平北营红军党代表，加强对这支红军的政治思想教育，加强纪律教育，并开展军事训练。陈俊就任后，召开红十军第七纵队第三支队第一大队大会，数百红军战士人人臂佩符号、腰捆扎包、腿缠裹腿，军纪严明。陈俊站在三张桌子搭起的主席台上讲话，专门强调了整顿军纪问题，要求红军战士一切行动听指挥，加强军事训练，应对敌人的一切进攻。

十来天后，从大河源一带传来消息，红十军第七纵队第三支队第二大队已成立，吴谦任党代表，郑汝良任指挥，王湘、邹广春任副指挥。陈俊、阮芝唐闻讯后大喜，决定先去大河源村与吴谦面洽一下，再决定下一步工作方向。

第十回
大河源两军会聚　郑汝良明毙暗保

就在北营红军吴宅大战四天后，中共地下党员郑汝良、邹广春召集地下党员和农协骨干二十余人，在大河源村蓑衣塘郑汝良家苞萝山秘密召开会议，决定发动暴动，成立宣平西营红军。

民国十九年六月三十日上午，参加会议的地下党员和农协骨干，全都扮作上山砍柴模样，纷纷奔向山高林密的蓑衣塘，商议暴动。中午，大家在郑汝良家苞萝山山棚里吃现烤的苞萝饼、现糊的野菜糊。饭后，二十余人出发到竹叶坪村一户地主家里缴来一架土炮。第二天，又到白果树脚村一户地主家里缴来一台三眼炮。当天晚上，队伍进驻大河源村鲍家祠堂时，已发展到五十余人。

过后几天，吴谦、王湘相继赶到大河源村。七月十日晚，郑汝良、吴谦、王湘率领红军五十多人，从大河源村出发，开赴福缘山观音寺，宣布成立宣平西营红军，确定番号为中国工农红军第十军第七纵队第三支队第二大队。郑汝良前些年在江西当过国民党兵，有打仗经验，又与江西苏区红军一起打过战，对工农红军有所了解，被推选为宣平西营红军指挥。吴谦任党代表，王湘、邹广春任副指挥。当夜，部队就在观音寺内吃饭宿营。第二天，队伍已扩展到一百余人。当夜，全体红军又返回大河源村鲍氏祠堂扎营。

西营红军在大河源鲍氏祠堂扎营没几天，前来参加红军的人数就达到数百人。凡是前来参加红军的，都由红军指挥郑汝良亲自接待，并发给每人一块长方形的符号，符号上写上自己名字，并盖有印章，上印"土地革命"四个篆体字。

西营红军曾发过两次符号，开始发的是白布做的符号，第二次发的是红布做的符号。当时战士们就议论说：红军符号也应该是红的。

过了四五天，参加红军的人数与日俱增，部队供给发生困难，西营红军便分为两队，郑汝良、邹广春率东路一队红军留在大河源鲍氏祠堂扎营，吴谦、王

郑汝良

湘率西路一队红军前往章五里村驻扎。

西路红军到达章五里村后，又开往福缘山观音寺屯驻。福缘山观音寺内有前后两排房屋十余间，为了便于防守进退，红军把寺庙的后墙也拆掉了。吴谦在章五里一带开展地下工作多年，在当地威信很高，当地山民见吴谦率军前来，遂踊跃报名参军。西路红军后又到虎沿山驻扎了个把星期。

不出半月，东西两路红军部队已扩大到五百多人。

党代表吴谦见西营红军人数虽多，但武器低劣、战斗力低下，便主张从五百多人中抽出两百人，再从中挑选一百人，组织两个战斗队，一为敢死队五十人，一为冲锋队五十人。吴谦要求，敢死队、冲锋队打仗时要有铁的纪律，明明看到省防军开枪射击，也要冲上去，与省防军拼杀，要有敢拼死的精神。吴谦还提议，敢死队队员、冲锋队队员要多发薪金，每人每天两元白洋，而普通红军战士是五角一天。提议提出后，众议纷纷，终因队伍缺乏思想教育和军事训练，报名者寥寥，两支队伍终未组成。

西路红军后又分兵进驻内河洋一带，并在附近一带筹集了一笔军费，惩办了绰号"三耳朵"的国民党密探后，随即开往山笋坑村、东坑村。并在山笋坑村水口挖掘壕沟，准备迎击来犯之敌。同时在大溪口村安排了三个岗哨，每个岗哨分配一门土炮防守。

那天早晨，负责守卫大溪口村桥头的红军战士丁有富，发现岭背有省防军前来偷袭，马上点火开炮，不料炮引受潮，点了几次火也点不燃炮引。省防军发现后，密集射击，一枪打中了丁有富腿部。丁有富拖着伤腿就跑，跑不多远便被省防军抓住。省防军接着攻打山笋坑，红军抵抗后撤往黄凉坪。省防军不敢深入深山老林，便对着山路上打了一阵枪，就押着丁有富回到宣平县城。当天下午，丁有富被枪杀，头颅悬门示众。

再过数日，宣平西营红军已有指战员七百余人。

西路红军扎营章五里一带不久，因参加人员来自不同村庄，内部呈现派别现象，影响团结。吴谦、王湘曾开会研究搞好团结问题，但在整顿内部问题上两人意见有分歧。后来，王湘离开西营红军，前往丽水找党组织去了。

此时在羊虎坪村，陈俊与吴谦取得联系后，知道西营红军已在大河源一带成立并广泛活动，便向邱金隆等人提了个连营建议。陈俊认为羊虎坪一带人烟稀少，不利于红军发展，而大河源周围山村林立，人烟较为稠密，利于部队给养供给和扩军，且大河源一带距离县道路途更远，更利于红军活动。陈俊提出了将宣平北营、西营红军集中在大河源周围，设成连环营的计划，得到邱金隆等人的支持。陈俊致信吴谦，提出将北营红军开到大河源村，与西营红军会合，准备整编的计划。

吴谦接信后大喜。为了打击土豪劣绅气焰，张大红军的气势，吴谦又向陈俊提出借两路红军整编之机，大张旗鼓地组织红军大游行、扩大共产党影响的建议，陈俊极表赞同。整编当日，北营红军大队人马从羊虎坪村营地出发，经陶村、泽村一路游行，再开到大河源集中，行程超百里；西营红军大队人马从大河源村营地出发，经章五里村、河涧村、西山下村一路游行，再返回大河源，行程亦超百里。两路红军沿途张贴标语，高呼口号："打倒官僚！""实行减租减息！""不交土豪粮，不还劣绅账！"所到之处，群众欢呼雀跃，土豪劣绅纷纷逃往县城柳城躲避。

两路红军在大河源村会合后，开始整编。按照县委指示精神，成立红十军第七纵队第三支队军事委员会，以加强对红军的统一领导。委员会由曾志达、陈俊、吴谦、王湘、阮芝唐、邱金隆、郑汝良等七人组成，曾志达任总指挥。宣平红军军事委员会成立后，将原来以营为战的红军组织，置于县委的直接领导和军事委员会的统一指挥之下。

有西营红军成员告诉陈俊，西营红军领导内部不团结，有山头主义倾向，处理事情时偏袒一方，且有的领导自以为是，听不进别人意见等问题都很严重。陈俊了解情况后，对吴谦说，两军合编后，军事行动可全权委托郑汝良指挥，而政治思想工作决不可随波逐流，听任大家自由行动，特别是不可违反阶级斗争原则；如此，不但达不到革命的目的，反而会产生许多坏影响，是党的纪律所不容许的。

两军会师，部队人数达到一千五百多人，革命形势高涨。大河源村地主鲍益良见状，便给其暂住他处的兄长鲍益峰写了一封密信，大意是：上千红军集中大河源，到处打土豪分田地,切勿回家,要多注意人身安全;又云:红军人数虽多但武器很差,速到县府请来省防军一连进剿。鲍益峰绰号老峰头,平时靠为他人写状打官司为生,为人喜交三教九流,一向与吴谦、郑汝良等人交好。鲍益良将密信放在火柴盒里,将火柴盒放进一担稻谷里,又付给一村民两元白洋,叫村民将稻谷挑出村去,再送信给鲍益峰。此信被兴景岭头红军岗哨查出,两路红军领导紧急召开联席会议,商议此事如何办理。会上,北营红军指挥邱金隆等人主张枪毙鲍益良,西营红军指挥郑汝良等人碍于乡情不同意;吴谦也因平日里与鲍益峰过从甚密,默不作声。会议议而不决,便决定提交全体红军讨论。

陈俊在大河源桥头主持召开全体红军大会。北营红军指挥邱金隆揭发了鲍益良的罪行,提议由红军战士举手表决。北营红军个个举手要求枪决鲍益良,陈俊便代表军事委员会,当场宣布枪毙鲍益良,立即执行。

西营红军指挥郑汝良见状,立即命西营红军战士将鲍益良押出会场,执行枪决。原来郑汝良碍于乡情,对鲍益良明毙暗保。待到鲍益良被押出会场,郑汝良安排执行枪决的战士,在火铳内只装火药不装铁子。行刑战士将鲍益良押至兴景源桥头,只朝鲍益良腿边打了一枪,不验生死,就返回会场报告了。火铳响后,鲍益良当场倒下装死,待到鲍益良家里人哭哭啼啼赶到刑场准备收尸时,发现现场只有一摊血,鲍益良已脱逃。

鲍益良已逃走的消息传到会场时,陈俊还在起草鲍益良罪状，准备张贴布告，公布其罪行。北营红军指挥邱金隆等人得知消息后大愤，指责郑汝良等人纵敌，郑汝良等人狡辩，两路红军一时间势同水火。陈俊怕引起两路红军内讧，只得与邱金隆等人率北营红军离开大河源村，重新回到羊虎坪驻扎。陈俊提出的两路红军整编和连营计划半途而废，不了了之。

陈俊深感宣平红军内部问题严重，加上与曾志达约定一个月后在杭州省委通讯处华英旅馆见面的时间早已过了，而两个月后见面的时间临近，便准备前往杭州会晤曾志达，向其当面汇报情况。行前，陈俊约吴谦一同前往。吴谦也深感西营红军内部问题严重，亟须整顿，恰逢遂昌红军游击队派人前来接洽，商讨联合作战事宜，吴谦便与陈俊约定，待西营红军整顿等工作告一段落后，前往杭州华英旅馆会合。两人握手告别。不料这一别，竟是人生永诀。

当晚，鲍益良逃到其兄弟鲍益峰暂住处写状，请求省防军围剿红军。第二天，省防军出兵前来攻打红军。消息传到大河源，西营红军人心惶惶，吴谦、郑汝良被迫率部队转移。

第十一回
麦磨滩志达励志　龙虎山王湘举义

　　且说陈俊离开宣平北营红军后，化装前往杭州，住进省委通讯处华英旅馆。那时已是民国十九年八月末，到了约定时间，却不见曾志达依约前来。陈俊以为曾志达还在上海，有事脱不开身。为了等待吴谦，陈俊只好在华英旅馆暂且住下，准备等吴谦到来后一同前往上海面见曾志达。

　　其实，此时的曾志达早已离开上海，曾经回到过金华，又在浙北、浙西一带到处奔波。待到陈俊再得知曾志达消息时，两人均已关在杭州国民党浙江陆军监狱。

　　原来浙江全省开展以"夺取中心城市"为目标的农民暴动以来，浙西的兰溪、永康、武义、宣平、诸暨、建德等地相继爆发农民暴动。有的地方暴动成功，组建了红军游击队；有的地方暴动失败，党组织损失惨重。到了七月底，中共中央巡视员卓兰芳偕同在党中央办事处工作的曾志达离开上海、杭州，来到金华市郊麦磨滩密林深处，趁夜召开浙西嵊县、新昌、永康、武义、宣平、兰溪、昌化、于潜、分水、富阳、建德、浦江、义乌十三个县党的负责人会议。

会上，卓兰芳、曾志达总结了兰溪、永康、武义、宣平、诸暨、建德等地农民暴动的经验教训，对没有发动暴动的其余县提出批评，决定各县继续组织暴动，要求各县订出统一暴动计划，以相互支持、牵制敌人兵力；并要求浙赣铁路沿线的各县党组织，组织力量、动员民众，干扰、阻滞国民党政府为围剿江西苏区运兵而修筑的浙赣铁路工程。

会议临近结束，附近上河街万村失火，黑夜里火光冲天。曾志达遥指冲天火焰，鼓励与会同志："我们搞暴动要像火烧一样把它烧起来，把整个天都烧红！"

麦磨滩会议结束后，八月十五日，卓兰芳参加了苏浙皖三省中共组织召开的联席会议，决定党、团、工为一体，组织中共浙南、浙北两个行动委员会。八月二十日至二十二日，卓兰芳、曾志达等在杭州召开会议，成立中共浙北行动委员会，卓兰芳任书记、曾志达任委员，负责杭嘉湖和浙西地区农民暴动的组织领导。此时，陈俊正在赶来杭州的路上。待到陈俊赶到杭州时，曾志达又受党指派，马不停蹄前往外地开展工作了。

宣平北营、西营红军的整编计划虽然半途而废，但农民暴动、组建红军的星星之火，已在宣平溪两岸的大地上燎原了。

陈俊前脚刚刚离开宣平，前往杭州会晤曾志达，后脚王湘即已回到宣平，与吴谦、邱金隆、郑汝良等人恢复了联系。原来王湘在丽水与在温州、丽水一带活动的红十三军代表接上了关系，为宣平红军带来红十三军的番号。

宣平县自立县以来，历史上原隶属处州府管辖，与温州、丽水方面联系紧密。加上方志敏的红十军迟迟未到浙江，宣平红军遂改称中国工农红军第十三军浙西第三纵队，隶属红十三军序列。八月下旬，中共宣平县委在上周村鸡紫坪召开宣平西、北两营红军负责人会议，宣布成立红十三军浙西第三纵队军事委员会，仍由曾志达、陈俊、吴谦、王湘、阮芝唐、邱金隆、郑汝良七人组成，曾志达任总指挥。宣平北营红军改称为红十三军浙西第三纵队第一大队，西营红军改称为红十三军浙西第三纵队第二大队。

红十三军浙西第三纵队军事委员会成立后，宣平县委军事委员会成员王湘便到前湾村组建宣平南营红军。前湾村地处柳城之南约十里，背负青山，东临宣平溪，是宣平县国民党当局眼中的"强盗村""土匪村"。当时全村只有六十八户，三百多人口，却有三十九人加入中国共产党，全村只有"两户半"与党组织没有关系，两户是地主，一户是富农。党的群众基础极好。

八月二十六日上午，王湘偕前湾村党支部书记潘成波召集前湾村党员、农民协会积极分子在夫人殿召开会议，商议组建宣平南营红军。会后，两人即分派人员通知前湾党支部所辖的各村党员、农民协会积极分子中愿意参加红军的人员带上鸟枪、土铳、大刀、梭镖等武器，于当天午后兵分两路，一路经荷叶山头，一路经梁家山，到新屋村龙虎山殿集中。当天下午，两路人马手提鸟枪、土铳、大刀、梭镖等武器，沿途召集各村党员骨干和农协积极分子，向龙虎山殿出发。

当前湾村、梁家山村、江下村、荷叶山头村的党员骨干和农协积极分子到达龙虎山殿时，底章村、大溪口村、岭脚村参加红军的人员已提前集中在龙虎山殿迎接等候，共计一百二十余人。在龙虎山殿前广场上，王湘正式宣布成立红十三军浙西第三纵队第三大队，俗称宣平南营红军；宣布潘成波任第三大队红军指挥，王湘任党代表；下设一个交通队，三个中队。

次日，王湘、潘成波率队伍又浩浩荡荡开到白云庵扎营。山下鲍、桥头、潘山头、岭脚、孟章源等村的党员骨干四十多人在山下鲍村鲍姓祠堂集中后，在涂八弟、涂树儿的带领下，前往白云庵与王湘、潘成波率领的南营红军汇合，部队人数已达一百六十多人。

第三天，王湘、潘成波率领南营红军一路经黄山村、安风村，到达高水村一带，一边宣传红军主张，一边打土豪，分浮财，筹集武器。红军一路高呼口号："打倒国民党反动派！""打倒土豪劣绅、封建地主、资产阶级！"沿途群众参加红军的人络绎不绝。丽水县长乐村人朱生民当年夏天已在长乐、莲房、周村等地发动农民抗租闹荒斗争，组织武装暴动。当日，朱生民率领一百多人的暴动队伍，携八十多支土枪到高水村与潘成波部红军汇合。

两军会合后，宣平南营红军人数达四百余人。八月二十九日，南营红军浩浩荡荡开赴宣平南乡巨溪乡三岩寺建立革命根据地。

三岩寺位于宣平县南乡巨溪乡境内高山上，地势极其险要，易守难攻。那一带，天师楼、大旗擎天、神龙峰等山峰林立，峰峦相接。天师楼主峰海拔千余米，孤峰独立，快到山顶处有一个胡公洞，洞深六米，宽二十余米，高三四米，洞内建有胡公殿，人称三岩寺。三岩寺正殿有胡公神像，两侧建有厢房、伙房。前殿有一楼阁，正殿后面低矮的洞穴可用于贮藏物资。洞前为悬崖绝壁，洞口向西，只有一条狭窄的羊肠小道通往山下。

在三岩寺，经过整编和协商，仍推选潘成波为指挥，王湘为党代表，朱生民、姜云龙为副指挥。同时设立南营红军军事委员会，由王湘、潘成波、沈金华、涂光金、谭恺文、郑双同、姜云龙组成。下设四个分队，之后随着队伍的日益壮大，又设立连、排、班。

整编完成后，王湘宣布部队纪律：对群众买卖公平，不能离队乱跑，对群众要和气，不准与妇女谈笑，不准乱抢东西，行动听从指挥。如果犯了纪律，轻则打手心，重则打屁股。一位姓陈的红军战士，因违反纪律，被当众打了二十板屁股。王湘经常开会教育战士，反复说明军队没有纪律，就会兵败如山倒的道理。

选择三岩寺作为革命据点，易守难攻，真可以说是"一夫当关，万夫莫开"。但是，此地是绝境，万一遇到敌人强大火力的突然袭击时，撤退也是很困难的，可以说没有退路。军事委员会考虑到了这一情况，决定由朱生民率领部分红军驻守在三岩寺山下西畈村的西畈学堂，以防三岩寺在遭受敌人袭击时，相互策应。同时，在天师楼马腰峰处部署流动哨兵，加强警戒。马腰峰处视野开阔，可以远距离观测山下通往三岩寺的各条路径的情况。

南营红军每人佩戴红军符号。开始用红布做袖章，后改用红绸做符号，别在胸前，上写"工农红军"四个字，下面写上个人姓名。

南营红军的武器，是宣平红军各营中最好的。有土大炮一门，可装三铁勺十二两火药、九十六斤铁片，开一炮，威力无比，炮筒都打红，要用水浸过，才能再开第二炮。当时红军在曳岭脚试炮，相距六七十里的丽水城里都能听到。开炮时，大炮口还要压上石块，一开炮石块都被炸飞。有装半斤火药的土大炮六门；有大筒子土枪八十余支，每支能装三两火药，可以打六百步远；有鸟枪一百五十支；还有大刀、红缨枪等。为了缓解部队对火药的需求，红军战士还自己动手砍杉树，烧木炭，再买来硫黄、土硝，经过加工，制作土枪火药。

陈俊与吴谦分别后，前往杭州的前几天，曾与邱金隆率北营红军七百余人从羊虎坪村出发，到达陈村吃早饭，准备攻打少妃保卫团。之前，北营红军分队长邱嘉利受命做扩军工作时，在少妃岭遭少妃保卫团抓捕，牺牲后头颅解送武义县城悬挂示众。北营红军与西营红军分手后，陈俊、邱金隆准备报这一箭之仇。当天，陈俊还集中陈村的农协会员开会，动员大家一起参加战斗，由于少妃保卫团提前向大莱方向出发，红军计划被打乱，攻打未成功。

陈俊离开后，到了九月初，邱金隆率领八十名战士，到上周村祠堂，会同当地参加红军的七十余人，共一百五十余人，组建红十三军浙西第三纵队第四大队，俗称宣平东营红军，陈祖训任指挥，潘土法、邱明隆任副指挥。随后潘土法又到东巨村扩建东营红军七十余人，东营红军人数最多时达三百余人。九月下旬，宣平中营红军在弄坑、四百田、章五里村一带筹建，因遭省防军袭击而流产。

至此，宣平红军共有东西南北四个营，队伍发展到二千多人。参加者以宣平籍为主，还有武义、丽水、松阳、遂昌、汤溪等县交界处农民。红军给养主要向当地豪绅地主派粮派款解决，武器以民间捐献、自己制造为主。

第十二回
吴余芳慷慨赴死　曾志达义赠银圆

民国十九年八月下旬，吴谦接到上级通知，到杭州参加浙江省互济总会代表会。吴谦接到通知后，想起与陈俊的约定，即与西营红军指挥郑汝良等人商量，决定借此机会到杭州购买枪支弹药，以解决西营红军武器装备低劣问题。

八月底，吴谦、郑汝良在章五里村钱氏祠堂召开西营红军党员会议。吴谦对大家说："我们部队武器差，导致战斗力不强。我准备去外地办枪。你们在家要团结一致，严防敌人袭击。"

九月二日，吴谦以为大河源村鲍信泰药店赴兰溪采购药材的名义为掩护，与红军战士鲍陶富一起，带了三千银洋，前往杭州买枪。两人手提藤篮，从大河源步行出发，翻山越岭，用各种方式，星夜闯过了白姆等地反动武装设置的岗哨，于九月三日上午到达金华。

中午，吴谦、鲍陶富两人在一家饭店吃饭时，遇上老峰头鲍益峰和寿寿两位老乡。鲍益峰系大河源村地主鲍益良之兄，吴谦与之私交一向甚好。在交谈中，吴谦毫无戒心，被鲍益峰刺探到前往杭州、取道兰溪的路线。鲍益峰两人假装热情，送吴谦、鲍陶富到金华婺江码头上船后，即向国民党金华县警察局告密，金华县警察局立即电告驻兰溪的浙江省保安队第三团团长竺鸣涛。竺鸣涛接电后，亲自带了一名副官和一队士兵前往兰溪码头候缉吴谦。

当天下午，船到兰溪码头，保安队士兵蜂拥而上，指名搜捕吴谦。吴谦觉察到事已暴露，随手从船上拿起一把菜刀，砍伤一名保安队士兵的手臂，乘机跳入兰江中。船上大乱，随行的鲍陶富见状，趁乱悄悄离船后连夜逃回家中。吴谦水性甚好，在江中潜过数只船底，逃进兰溪城内康王庙附近一位测字老人家中。说明情况后，老人深表同情，给吴谦更换了衣服，将他转移到屋背。这时竺鸣涛下令，集合全团官兵，对整个兰溪城实行戒严，挨家挨户搜查吴谦。

躲在屋背上的吴谦见搜兵临近，

吴谦

辗转逃到桃花坞里，隐蔽在大云山脚的一株大树上。傍晚七时左右，搜捕的敌兵发现吴谦，开枪射击，吴谦脚部中弹而被捕。

吴谦被捕后，保安三团团长竺鸣涛立即经丽水电告宣平县县长尹志仕，告知吴谦被捕的消息，并索要吴谦被通缉的赏金：

> 丽水转宣平县长鉴，顷由金华电话，报称有宣平人吴余芳即吴谦，身穿黑拷皮小衫裤，曾经宣平县赏百元通缉有案，今由金来兰请派兵缉拿等情。该犯业已拿获，并供认共产党，被贵县通缉不讳。唯该犯是否首要，赏格是否百元？应请查明电复以凭核办为荷。

国民党宣平县政府收到电报后，立即复电：

> 兰溪竺团长勋鉴，江电敬悉，查吴谦即吴余芳，又名吴竹虚。确系共□首要，并经张前县长高于民国十八年一月二十一日出有赏格银洋一百元购缉在案。奉电前因理合陈情复至。希发核。如能赐摄该犯照片大所感盼。宣平县县长尹志仕叩庚。

竺鸣涛收到尹志仕的电报后，专门拍摄了一张吴谦临刑前的照片，寄给宣平县政府，继续讨要通缉赏金。继而，吴家被查封，放火烧毁，吴谦妻子被关押，两个幼儿寄养于姑母家。

吴谦在狱中双手日夜被反绑，脚上用了两副重镣，受尽惨无人道的严刑拷打。面对酷刑，吴谦坚贞不屈，始终保持浩然正气。敌人为了获取口供，证实其身份，便施展了"苦肉计"。狱方将一个窃得地下党联络暗号的特务吴阿四，关进另一个监牢里，然后将吴谦转移到该牢。吴阿四冒充中共义乌县委地下交通员，发出接头暗号。由于暗号相符，吴谦信以为真，暴露了红军党代表的身份和赴杭参加会议、购买枪支弹药等情况。

九月六日，吴谦在生命的最后时刻，写下了给妻子的绝命书：

　　亲爱的彩华，冠南、兴南吾儿知悉：

　　　　我现在已经枪决了，一概家事仍旧照常料理，请你不必挂念我。我死(是)为革命而牺牲，为民众谋利益而死的。我此番在兰拿获，(遭)老峰头、寿寿等谋害，他平时(与)我亦很要好的。彩华你可以在家守节，保全名誉，我死了亦甘愿的，冠南、兴南特地托你望重一点，这个是我死后之希望。余外没有话了，下世同你再会好。

　　　　　　　　　　　　　　　　九月六日写

　　　　　　　　　　　　　　　　吴谦绝笔

行刑前，由于脚伤无法行走，保安队用仰天轿将吴谦抬着在兰溪县城游街示众。吴谦大义凛然，视死如归，沿途高呼"打倒蒋介石！打倒反动派！""中国共产党万岁！"等口号，观者无不落泪。九月六日下午三时，吴谦在兰溪县城南门外沙滩上英勇就义，时年三十四岁。

吴谦绝笔信的最后一句，留给了"少年妻"彩华："下世同你再会好。"为着这句话，吴谦的妻子郑彩华守了一辈子，强了一辈子，也苦了一辈子。

郑彩华出生在宣平县上乡陶村一个大地主家庭，是家中的大女儿，自小就同别家定下了娃娃亲。可是，郑彩华在见到吴谦后自行悔婚了。在那个年代，悔婚可是一件顶翻天的大事，郑彩华与家人从此鲜少来往，原本的大家闺秀就成了饭甑村的山里媳妇。

吴谦牺牲后，国民党反动派当局随即"连坐"郑彩华，她因此被捕入狱，家中房屋悉数被毁。原来的房子烧掉了，郑彩华就再造，灰头土脸地每天烧火帮工人烧饭，一砖一瓦垒起新家。吴谦牺牲十七年后，郑彩华又把含辛茹苦独自抚养成人的两个儿子送上了革命之路。"文革"时，吴家曾受牵连，郑彩华抱着亡夫吴谦行刑前的照片和绝笔信站在门前挡着闹事者，以一个斗士的姿态维护烈士家族的荣耀。白日里能顶起一个家的她，却总是在夜深人静时发呆，看着墙上亡夫吴谦的遗照自言自语。临终前，郑彩华哽咽着说了一句："自君死后，我就成了将城坑的一只孤雁。"

将城坑乃是饭甑村旁的一条小溪坑。

再说陈俊在杭州省委通讯处华英旅馆等了吴谦一星期，未等到人。陈俊便买好火车票准备去上海。临走时，陈俊想再回旅馆去看一看。

待陈俊再回到旅馆时，见到旅客墙上有吴余庆名字写在一览表里，便去楼上吴余庆房间会面。房间里有人候着，见陈俊进去，称吴谦生病住院，要带陈俊去医院见吴谦。陈俊不知道吴谦已在兰溪被捕后遭枪决之事，便跟着那人走了。那人乃是国民党浙江省政府秘书处第四科调查人员，待陈俊跟随来人走到长庆寺派出所门口时，警察就把陈俊逮捕了。

陈俊被捕后，其妻春梅闻讯，赶到杭州浙江陆军监狱探望丈夫。陈俊暗地嘱咐妻子，到上海寻找曾志达汇报情况，并设法营救被捕的同志们。春梅到上海找到了曾志达，哭泣着汇报了陈俊等人被捕的情况，曾志达当时处境也很危险，他还是一边耐心劝导春梅，一定想办法营救；一边翻遍身上所有的口袋，只剩下一块银圆。那时曾志达自己吃饭都没有着落，还是把这块银圆递给了春梅。春梅回到宣平后，碰到曾志达妻子陶金女，十分感激地说："你家志达真是个好人哪!"

第十三回
樊岭脚伏击省防军　牛头山三军大会师

　　吴谦死了，陈俊被捕了。两位党代表的离去，宣平北营、西营两路红军相继失去了主心骨。但革命的火焰在宣平溪两岸已越烧越旺，并波及周边的遂昌、松阳、金华等县。

　　两年前，宣平县中共党员陈玉川到金华县安地发展党员，建立党支部。陈玉川回到宣平后，继任党支部负责人蒋宝贤等人于民国十九年春季建立金华县安地红军，与武义北路红军并肩战斗。由于宣平北营红军组建后，仍与武义西路红军保持密切联系。武义西路红军指挥潘广天曾命通讯员潘舍栋送信给宣平北营红军指挥邱金隆，商讨联合作战事宜。因路上盘查很严，潘舍栋特意买了一些粉干，将信放在粉干当中再放在杂粮里送到羊虎坪。这样一来，金华安地红军、武义北路红军、武

105

义西路红军、宣平北营红军便连成了一体。

早在民国十六年十月底，吴谦就与中共党员吴火进以唱洋戏和收购茶叶、莲子等为掩护，进入宣平、遂昌交界的牛头山区开展地下活动，向遂昌方向发展党组织。他们首先到单门独户的旧处村，发展林松才加入党组织。此后，林家成了牛头山区地下工作的主要联络点。吴谦、吴火进以林家为落脚点，又相继发展了遂昌长濂村的郑来德、连头村的许樟林、祥川村的张根祥等入党。郑来德、许樟林、张根祥等人入党后，随即在遂昌东乡开展活动、联络人员，筹备武装斗争事宜。民国十七年五月，吴谦、吴火进、郑来德、许樟林、张根祥等人，在林家召开秘密会议期间，又吸收林松才的五个儿子入了党。民国十八年春，吴谦、王湘、吴火进、郑汝良、何永成和遂昌的郑来德、许樟林、张根祥等人又在旧处林家召开会议，决定派何永成到遂昌大西坑源协助郑来德组织武装力量。

民国十九年夏，吴谦、王湘、吴火进、郑汝良、郑来德、许樟林、张根祥等人再次聚集于旧处林家召开会议，研究建立武装组织、开展武装斗争事宜。会后，许樟林、刘关明、陈呈根、张根祥等相继在白沙、千义坑、坛头弄、祥川等地，召集人员成立了遂昌农军东、南、西、北四营，分别由徐水太、陈呈根、吴樟土、郑火松负责。在天堂村设立农军总营，由许樟林任总营指挥。营以下设连、排、班，共有三百余人。农军人员之间规定联络暗号，并每人携带一块印有"土地革命"四个黑体字、盖有农军红色印章、三寸见方大小的布条作为符号。

农军连排班等军事组织，以旗帜的大小加以区别。旗帜上的图案均为镰刀斧头，以此表明农军是穷苦人民的队伍，要以武装斗争实现穷苦人民翻身得解放。为掩人耳目，农军各营成立时，均以组织青帮为掩护，焚香祷告天地，饮血酒盟誓。平时，农军人员各自在家务农，一旦需要，即由各营的数名骨干用暗号迅速召集。

民国十九年七月，中国工农红军第十三军一部活动至丽水、缙云、永康等地，遂昌农军与红十三军联络，改称为遂昌红军游击队。为了装备部队，遂昌红军一面广泛收集山区农民用以狩猎的鸟枪、土铳、大刀、长矛等，一面组织人员在刘坞、祥川等地赶制土枪、火药等，还召集铁匠在祥川村戏台前砌了两座打铁炉，日夜赶制和修理土枪。到了八月，许樟林派人送信给宣平西营红军，要求联合作战。

九月二日夜，遂昌各营红军到天堂村与总营红军集结后，过九盘岭，到达宣平县东坑村和山笋坑村，与宣平西营红军汇合。稍事整训后，获悉五日有一排省防军将从武义开往宣平，两县红军即准备到樊岭脚一带伏击，缴省防军的枪械。

九月五日凌晨，两军开赴樊岭脚村水口，准备伏击省保安队。

那天上午，细雨蒙蒙，当省防军三四十人进入樊岭脚水口时，郑汝良一声令下，埋伏多时的红军向省防军猛烈开火。省防军受到伏击，又发现红军人数众多，十分惊恐，准备沿小溪逃窜。但因红军大多数人赤手空拳，仅少数人配有低劣土枪，而土枪的锡丸弹头用大筒子土枪射击出去后熔成了液体，没有杀伤力。省防军发现这一情况后，大喊红军用的武器是土货，立即向红军猛烈射击，疯狂反扑，宣平西营红军土炮手、排长鲍连兴当场阵亡。面对如此境况，红军指战员满腔悲愤，个个奋勇争先，死战不退。战斗从上午一直持续到傍晚，红军人多，喊杀声震撼山谷，终于打得省防军沿小溪窜上樊岭头，直窜宣平县城而去，连雨衣丢了也不敢要了。

省防军溃逃时，红军战士紧追不舍。战士郑法弟追至十里路外下库王村，在冲上去抢夺省防军士兵的枪支时，不幸被省防军士兵枪杀，头颅被砍，后挂在宣平县城北门示众。还有一部分红军战士追到陶村时，刚好碰到一位国民党的招兵委员坐着轿子从县城柳城上来，撞到红军的枪口上，红军战士便将其押到子坑村判处死刑。

战斗结束后，遂昌、宣平两县红军返回各自驻地。

遂昌红军战士徐腾进、张正富、王樟根返回途中与部队失散，途经遂昌县门阵村附近时，被门阵保卫团拦截。徐腾进、张正富两人被捕，王樟根脱逃到连头村红军驻地报信。

九月九日，徐腾进、张正富两人被门阵保卫团正、副团长张大金、张仁贵砍断足筋，折磨后遭活埋。此前，宣平西营红军到东坑村分驻，常有门阵保卫团的密探前来侦探、骚扰，红军战士赖金海前往侦察，不料在与保卫团密探的搏斗中，右手四个指头被砍，鲜血直流。门阵保卫团残杀红军，激起了宣平、遂昌红军指战员的满腔仇恨，为死难同志报仇的呼声极为高涨。

九月十一日，郑汝良、许樟林率领三百多名宣平、遂昌红军战士，手执大刀长矛，肩扛土枪土炮，星夜出发，直捣门阵村。

第二天拂晓，红军包围了门阵保卫团的驻地，集中火力，发起攻击。当时保卫团正在门阵村庙内吃饭，见红军发起攻击，忙丢下饭碗，向红军开炮。门阵保卫团凭借有利地形和武器上的优势，负隅顽抗，双方相持不下。

遂昌红军战士黄通金见机潜入村庄，放火烧着了门阵保卫团驻地附近的一座灰棚。门阵保卫团见村内起火，巢穴即将被毁，顿时乱了阵脚。郑汝良见状，手举三眼炮，向保卫团连开三炮，红军乘机猛攻，当场打死打伤敌军近十人，保卫团狼狈逃窜，溜进了深山密林。

红军胜利攻克门阵，缴获了几门土大炮。赖金海一气之下，烧了门阵村保卫团住宿的房子，不料火烧连营，竟然将村里大部分老百姓的房子也烧着了。

战斗结束后，两县红军领导人又在旧处村召开会议，分析形势，研究下一步行动方案。众人认为，经过门阵一战，国民党反动派将会疯狂"围剿"红军，而在该次战斗中，红军本想烧毁门阵保卫团的巢穴，后因火势蔓延迅速，致使门阵村四十五户中有三十八户房屋被烧毁，红军在门阵村处境不利，应迅速转移，准备应战。会议决定，两县红军马上转移到地处宣平、遂昌、松阳三县交界地区的牛头山区遂昌县天堂村。

九月十三日，宣平、遂昌红军转移到天堂村。

天堂村是一个坐落在牛头山半山腰上的村庄，原是遂昌红军总营地。天堂村有个炼铁老板潘关荣，办有炼铁场，雇有八十余人为其洗铁沙，用土法炼铁，平时家里就有上百人吃饭。红军到达天堂村后，潘关荣家主动为红军招待主食，然后红军再分派周边各村地主送来大米、猪肉等军需品。是日，松阳红军领导人卢子敬、陈凤生、陈丹山也率部队抵达天堂村，与宣平、遂昌红军会师。

卢子敬、陈凤生、陈丹山率领的松阳农军一直在松阳县古市一带活动，驻无定所、行无目标，部队困乏疲惫。九月初，当得悉中共宣平县委在赣东北方志敏红十军和浙南红十三军影响下，先后组建了红军北营、西营、南营、东营，共有二千余人，其中郑汝良为指挥的宣平西营红军就活动在松（阳）遂（昌）宣（平）三县交界时，三人决定率部前往会合。

九月十四日，宣平、遂昌、松阳三县红军上千人，在天堂村的炼铁广场召开三县红军会师誓师大会。郑汝良在会上宣传革命道理，宣讲红军的主张，被称为三县红军总指挥。当时，郑汝良头戴大礼帽、佩墨镜，一根卫生杖当指挥棒，身边八个警卫员，手拿一式红缨枪，十分威武。三支部队决定以位于牛头山顶的天师殿为总部，共同打出"红军"旗帜，攻打宣平、遂昌、松阳三座县城，建立连片的革命根据地；如不成，则向江西发展，与方志敏领导的红十军会合。

红军屯驻天堂村半个月，土豪乡绅被迫纷纷为红军送来猪肉、大米等物品，当地群众亦拿出鸟枪等武器支援红军。三县红军个个摩拳擦掌，为攻打宣平、遂昌、松阳县城，打通与江西红军的联络，展开大规模军事行动做好准备。

离天堂村只有五里路的柿亭村，有两个大地主，一个绰号万一，即一年收一万一千担租；另一个绰号万二，即一年收一万二千担租。万一、万二组织反动武装保卫团看家护院，欺凌百姓，作恶多端。红军进攻柿亭村，把保卫团赶跑，缴获了"九节龙"土炮、木壳枪等一批枪支弹药，还缴来灰色、白色的马各一匹。又袭击了濂竹瓦窑岗村的地主武装，缴获了迫击炮、军号等。许多群众自发带着鸟枪报名参加红军，支援革命。周围地主的武装也被一一缴械，共筹集土枪一百多支，红军军威大振。

三县红军在天堂村会师，在牛头山一带农村宣传革命道理，组织农民抗租抗捐抗税，惩治地主恶霸，开仓分粮，筹集粮饷和武器弹药。当地青壮年参加红军的热情空前高涨，土豪劣绅则丧魂落魄，纷纷向宣平、遂昌、松阳、汤溪等县国民党当局请求从速派兵镇压。各县当局一面加紧策划清剿红军，一面向上告急。国民党遂昌县党部急电浙江省党部："属县与宣平交界处有共×千余人（多数有枪械），时在本县东乡一带作乱，遍贴'杀尽土豪劣绅，拥护工农红军'等标语，并申言要来占据县城……请速转省府立即派兵剿灭。"随即，宣平、遂昌、汤溪、松阳四县国民党当局商定，联合向红军展开武装"进剿"。

不久，四县国民党保安队上牛头山"围剿"红军。三县红军与国民党军在破剑摆开阵势大战，战斗甚为激烈。红军居高临下，用松树炮轰击，敌军伤亡很多，后因火药用完而阵地失守。

在此紧要关头，宣平红军主要领导人吴谦在兰溪遇难的消息传来，三县红军顿时士气低落，军心不稳。到了十月上旬，郑汝良接到中共宣平县委书记、纵队军事委员会总指挥曾志达的通知，十月九日在上坦村祠堂召开宣平北、西、东三营红军大会。郑汝良经与许樟林、卢子敬等人商议，决定兵分两路：宣平西营红军赴上坦参加红军大会，遂昌、松阳红军向牛头山腹地天师殿进发，建立革命根据地。

第十四回
曳岭脚开仓放粮　三岩寺鬼神同泣

　　就在宣平、遂昌、松阳三县红军牛头山大会师之际，宣平南乡也掀起了红色风暴。

　　民国十九年九月三日，宣平南营红军组织攻打国民党曳岭区公所。大部队从三岩寺出发，经丁公、赤坑、石头、溪滩等地，直逼国民党曳岭区公所所在地曳岭脚村，红军一举捣毁区公所，国民党曳岭区公所区长逃走。红军砸毁区公所牌子，烧毁区公所房子及所有档案、粮册、办公用具，敲毁了牢房，放出被关押的群众。

　　红军在曳岭脚村张贴标语布告，号召穷人联合一致，参加工农革命，还召开了千余人参加的群众大会。在会上，红军开仓济贫，把粮食分给贫苦农民，当地群众纷纷前来参军。有些外出割稻的农民，丢下镰刀就插进队伍。红军离开曳岭脚村时，村头村尾，到处都是欢送红军的群众。

为了方便日后行动，南营红军在老鼠窝村召开了骨干会议，决定将队伍分成两部分。潘成波率领一部分红军以曳岭以上作为活动区域，朱生民率领另一部分红军主要在曳岭以下活动。两支队伍有分有合，协同作战。随即，潘成波率领红军回到山下鲍村一带扎营，朱生民率领红军到黄弄村一带活动。

九月九日，潘成波部红军又兵分两路，一路由副指挥姜云龙带领前往畎岸一带筹集经费和武器，一路由潘成波带领前往三港、张大山一带活动，并在张大山水口王氏祠堂驻扎。

红军在张大山一带派粮派款，张大山村村长绰号"坛头囡"，暗中和塘后村一姓陈地主暗中勾结，由陈姓地主前往国民党松阳县政府告密。驻松阳的省保安队和松阳保卫团二百余人，夜行百十里山路，于九月十日拂晓，趁茫茫晨雾偷袭红军。红军睡梦中醒来，仓促应战，顽强迎敌，经过四个小时的激烈战斗，打退省防军、保卫团数次进攻，终因主力分散，敌众我寡，大部分人员撤退至吾赤口村凉亭集合，经五福、老鼠窝撤回到三岩寺。省防军攻入张大山村，放火烧毁了水口王氏祠堂。红军战士吴间川、聂涂兴、曾根成三人壮烈牺牲，头颅被砍下送到松阳县政府示众。

潘成波为掩护大部队突围，与妻舅、红军战士吴忠明一起与大部队失散。两人路过担水岭头时，被张大山村长坛头囡手持草钯，率一干手持锄头、草钯的民众拦住。因家里被派粮派款，坛头囡心中愤恨，借口村里祠堂被省防军烧毁，逼迫潘成波答应重建祠堂。潘成波不允，又不愿拔枪伤害无辜民众，被坛头囡用草耙将左手打成重伤，吴忠明则被打死在担水岭头。潘成波单人突出重围，连夜回到前湾村治伤。得知红军队伍已回到三岩寺后，又立即赶回三岩寺。

朱生民率另一部红军得知潘成波部遇袭，也转回巨溪，驻扎在西畈学堂，与三岩寺红军形成掎角之势。

与此同时，南营红军战士章德财等人到畎岸、马村、白岸口等地组织青壮年农民参加红军，共有四五十人前来参加。他们带着梭镖、长枪、大刀等武器，到地主家征粮派款，收缴器械，并到民愤极大的畎岸村大地主、人称太上老君的陈继均家里，声讨其残酷剥削、压榨贫苦农民的罪行，并决定处罚白洋二千元。红军离开陈家后，陈继均立即与其子陈依廉密谋对付红军的办法，商定以重金贿赂驻丽水的国民党省防军，派兵进剿红军。

那天刚破晓，陈依廉即赶到丽水城重金贿赂省防军。得到好处的省防军随即派出一个排，连夜到达畎岸，天亮转向马村，越过宣平溪，袭击红军。面对省防军的突然袭击，章德财等人只得带领突围出来的一部分红军转向三岩寺，一些来不及突围的红军战士不幸被捕。红军战士江丁兴、何细亭被俘后，分别在畎岸的水碓后和马村的水碓下惨遭枪杀，头颅悬挂于丽水城门上示众。此战过后，陈继均害怕红军报复，逃往丽水碧湖镇躲避。

南营红军经常在南乡各个村庄活动，四处出击，打土豪，分浮财，收缴地主武器。南乡土豪劣绅恨之入骨。陈继均逃往丽水碧湖后，幕后策划，勾结宣平南乡各村大大小小的土豪劣绅，前往丽水，串通遂昌火柴厂老板郑宝林，用银洋收买省防军官兵，谋划镇压南营红军。

到了九月上中旬，因连日阴雨，省防军经派人多次侦察，认定在这个时刻进攻红军比较有利。南营红军虽然人多，但武器少且落后，都是些土枪、土炮，多日阴雨天，火药必然受潮，没有战斗力。省防军决定采取同时袭击三岩寺和西畈学堂的战术，使两地红军难以相互支援。

九月十五日凌晨，天仍然在下雨，驻丽水的国民党省保安队一个连，带着机枪等先进武器，在陈依廉等人带领下，身穿长衫，头戴箬帽，化装成老百姓的模样，分两路悄悄向巨溪乡进发。一路经太平、巨溪，偷袭驻西畈学堂的红军；一路经张村街、周坦，袭击三岩寺的红军。当日下午，两个阵地的战斗相继打响。

天下着蒙蒙细雨，山上浓雾弥漫。偷袭西畈学堂的敌军临近学堂时方被红军哨兵发现，开枪报警，朱生民立即指挥红军迅速投入战斗。红军边打边撤，一面顽强应战，一面向西畈后山撤退，一直退到刘岗岭，利用有利地形，进行拦截阻击，把省防军击退，大队人马安全转移。数名战士在撤退时不幸被捕，当场被杀害在桥头。红军战士王呈坑在样后村文昌阁被捕，在下岙村被杀。

为防范敌人偷袭，南营红军在三岩寺外的马腰坛放有流动步哨，监视山下和雾岭头方向的动静。这天因下着细雨，高山周围迷雾茫茫，视线很差。省防军到达雾岭头后，沿着小溪行走，向三岩寺悄悄逼近，路上还抓了个卖豆腐的山民王卖贤应付红军哨兵的盘查。

当省防军摸进马腰坛脚时，红军哨兵才发现，马上喝问："哪一个？"王卖贤连忙回答："我是卖豆腐的。"因红军的供给都是由山下送上来的，豆腐也不例外。红军哨兵信以为真，未加防范。当哨兵认出省防军尾随其后时，欲开枪报警，被省防军用匕首刺中，当场牺牲。

山上把守三岩寺头门的红军黄檀炮炮手发现省防军偷袭时，急忙点火开炮，但由于导火线受潮，一时点不燃。黄檀炮炮手也被冲上山的省保安队开枪击中，当场牺牲。

攻占头门后，省保安队迅速用机枪封锁了三岩寺洞口那条唯一通往山下的羊肠小道。领头的一个省防军士兵当先冲锋，逼近洞口时正举枪欲向洞内扫射，只见洞口一位红军战士圆睁虎眼，呼地一下，似猛虎般扑向领头的士兵，那士兵被吓得不知所措。说时迟，那时快。那位战士紧紧抱住领头的省防军士兵跳下万丈悬崖，两人同归于尽。

跟在后面的省防军士兵见状大为震惊，一时不敢贸然进洞，洞内的红军趁机迅速做好战斗准备。双方在洞口附近地带展开了激烈的交火。

僵持了一会儿后，省保安队集中几挺机枪一齐向洞内的红军扫射。红军虽然人多，但土枪、土铳等武器落后，很快就被困在了洞中，受伤者众多。由于通往洞外的唯一出口被封锁，沿着唯一通往山下的小路突围已无望，左手重伤的潘成波果断决定带领三十余名受伤战士留下掩护，其余战士在党代表王湘、副指挥姜云龙带领下，攀着洞前崖边长着的唯一一根毛竹跳崖突围。

留守的红军战士在用土枪、土铳向敌人还击的同时，还义无反顾地向逼近的敌人冲上去，与之展开白刃战、肉搏战，有的紧紧抱住敌人滚落悬崖同归于尽。突围的百余名战士在王湘、姜云龙的指挥下，攀着那根唯一的毛竹往下溜，再跳崖而下，冲出了包围圈。枪林弹雨中，场面混乱不堪，许多跳崖逃生的红军，当场跌死岩下。

突围的红军战士，在副指挥姜云龙的率领下，先投奔宣平东营红军，后与宣平北营红军会合，还参加了攻打后树的战斗。

留守的红军武器虽简陋，但因三岩寺地势极其险要，省防军多次进攻均被击退，战斗延续了六小时之久。最终，红军堆放在洞内的土火药被省防军击中爆炸，浓浓的硝烟立即弥漫了整个洞穴。在窒息的浓烟中，红军战士仍顽强抵抗，激战到弹药殆尽，仍宁死不屈，与省防军展开肉搏战，直到战死为止。

三岩寺一战，潘成波和担当掩护任务的三十多名红军战士全部牺牲。省防军冲进胡公洞后，还用刺刀一一去扎倒在地上的红军战士尸体，又点火将洞内物品燃为灰烬。三岩寺被毁，三十多名红军战士尸体被烧得惨不忍睹。潘成波牺牲时时年四十岁。

当晚，省防军开进梁村，参加宣平南乡土豪劣绅摆设的庆功盛宴。席间，双方谋划着如何继续对付红军的办法，决定由当地地主出资二千元白洋购买枪支弹药，省防军帮助南乡组织保卫团，进一步追捕突围失散的红军。后来，南乡保卫团到巨溪追捕红军战士陈章云、潘仁宝，押送宣平县城枪杀；红军情报员章德财被捕后枪杀于丽水大水门。

南营红军党代表王湘在三岩寺战斗中突围跳崖时右手受伤，与队伍失散。王湘用绳子扎牢伤口后，在卫兵的搀扶下，连夜撤到山下鲍村。当夜，王湘扮成回娘家的新娘子，由在红军营房帮厨的上坦村人涂兴富等四人用轿子抬着撤离。次日，众人途经十三丘吃过中饭后，直接将王湘抬到上坦涂兴富叔伯兄涂兴贵家养伤。伤愈后，王湘不顾个人安危，重新四处联络失散人员，准备组织队伍，重新开展武装斗争。正当王湘四出奔忙的时候，引起了叛徒的注意。宣平西营红军经济委员郑范在西营红军被打散后回到陶村，向陶村保卫团自首。十月十五日，得知王湘回到家乡西坞村后，郑范立即带了人前去西坞，省防军和保卫团随即兵分三路包围了全村。当时王湘刚吃完中饭从后门走出，郑范等人将王湘骗到村口塘边，一把拦腰抱住，王湘不幸落入魔掌。在宣平县监狱里，审讯人员用烧红的铜板烫王湘，用烧酒灌王湘的鼻孔，王湘忠贞不渝，宁死不屈。敌人恼羞成怒，将王湘的脊骨打穿，穿过绳子五花大绑，肩胛骨又钉了两枚锋利的铁钉，插上两支半斤重的蜡烛点天灯，游行柳城四门示众。王湘牺牲时年仅二十岁，头颅悬挂示众。

南营红军副指挥朱生民从西畈小学突围出来后，与队伍失散，独自走到了雅溪上陈村边的西坑凉亭。因身上多处受伤，按村人指点躲进凉亭旁的稻草堆内。当天深夜，获悉有红军到此隐蔽的保卫团，手持电筒、火把，用刺刀到处刺戳，居然戳到朱生民的大腿，结果朱生民被捕，第二天被押赴丽水城。在狱中，朱生民受尽酷刑，坚贞不屈，当年十二月枪杀于丽水大水门外，头颅悬挂示众，时年二十五岁。

南营红军副指挥姜云龙后在下杨一带被捕，关押于杭州国民党浙江陆军监狱，次年被杀害于狱中，时年三十八岁；红军连长涂兴榜在山下鲍村民家中被捕，关押杭州陆军监狱，抗战爆发后在狱中惨死，时年三十五岁。

南营红军失败后，国民党反动当局进行了残酷的反攻倒算。前湾村一批红军家属被抓，敌人把碗打碎，铺在地上，命红军家属们卷起长裤至大腿部，双膝跪在铺满碎碗片的地上，进行残酷的折磨。

第十五回
两路红军俞源遭袭　三县红军攻打后树

　　宣平南乡南营红军浴血奋战之时，宣平北乡北营、西营、东营红军在宣平溪两岸燃起的熊熊烈火已呈燎原之势。

　　东营红军建立后，由陈祖训带队，先到安村收集土枪十支，又到乌门村收集土枪六支。不久，陈祖训、潘土法率军到东巨村一带打土豪，潘土法留在东巨村建立东营红军东巨营，在东巨村、上方村一带扩建红军七十余人。陈祖训带领东营红军主力在东巨村住宿一夜后，带部队到上潘村扎营，接到一位妇女报信，说省防军要来包围，当即撤出。红军退到双水村，同驻宣平县省防军、少妃保卫团打了一仗，红军战士陈章隆手部中弹受伤，陈国忠中弹牺牲，头颅被割去领赏。陈祖训随即带队伍转到上周村小竹篷自然村屯驻，在上周、软朝、赵村、白岩、大黄岭头一带活动。

民国十九年九月五日，闻知宣平北营红军和武义西路红军在俞源村集中，陈祖训率东营红军于第二天早上开往俞源。走到半路，惊闻省防军和保卫团围攻驻俞源村红军，因情况不明，东营红军只得回撤。

原来九月五日，邱金隆率领宣平北营红军与武义西路红军开往俞源村联防。两路红军在下杨一带发现省保安队一个排押着犯人往武义而去，便奋起追击。千余红军战士漫山遍野，喊杀声、枪炮声震耳欲聋，追得省保安队丢盔弃甲，夺路而逃，红军一直追到乌溪凉亭外才收兵回俞源宿营。当夜，宣平北营红军住宿在俞源村俞氏宗祠，武义西路红军住宿在洞主殿。

不料，到了第二天凌晨，省保安队和保卫团数百人循着小溪摸进俞源村，偷袭驻扎在俞氏宗祠和洞主殿的红军。原来白天被红军追赶得十分狼狈的省防军不甘心失败，连夜纠集省防军一百多人，地方保卫团六百多人，偷袭驻俞源村的红军。

省防军和保卫团避开红军岗哨，偷偷循着小溪摸进俞源村，分别向俞氏宗祠、洞主殿的红军开枪扫射。两营红军仓促应战，情况十分不利。

省防军冲进俞氏宗祠时，年方十九岁的红军战士钟新园一声怒吼扑向敌阵，将一个举枪射击的士兵连人带枪抱住，摔倒在地，两人搏斗起来。钟新园的举动，竟然把偷袭的省防军和保卫团吓呆了，其他红军趁势冲出祠堂。钟新园在搏斗中，相继被子弹击中又被刺刀刺中，当场牺牲。俞源一仗，北营红军

122

战士钟新园、陶永水、章成品、邹根土、廖根成等七人壮烈牺牲，头颅被砍，挂在宣平县城示众。驻扎在洞主庙的武义西路红军，由大队长董发樟带领突出重围。

驻少妃村保卫团经常与红军为敌，抓捕红军及家属，武义西路红军、宣平东营红军欲拔除这个眼中钉。九月初开始轮流站岗，守住少妃村通往宣平县、武义县的山间路口，断绝驻少妃保卫团的出入。一个月内，驻少妃村保卫团食盐供应不上，洋油洋火也买不到，狼狈不堪。到了九月九日，宣平东营红军派出陈世源、李禄庚二人去少妃村动员保卫团投诚。两人走到柘坑村水口，迎面遇上驻宣平县省防军押送食盐至少妃村，陈世源、李禄庚二人因无退路，当即被抓，押至宣平县城关入监狱，没几天被枪杀在宣平县城下桥头，头颅悬挂示众。

九月下旬，省保安队为截断武义、宣平、金华三县红军的联络通道，派出一百六十余人进驻武义县后树下徐宅村，在董处村祠堂设立大队部；又强令后树一带十多个村庄，从十六岁至六十岁的男性中挑选人员组织保卫团，在白鹤殿设立保卫团团部。一时间，在十里坑源的后树通道上，遍布岗哨，监视、阻断三县红军的活动，并四面出击，抓捕红军失散人员。

为拔除省保安队在后树设立的反动据点，由浙武红军北路指挥部倡议发起，武义、宣平、金华三县红军决定联合攻打驻后树的省保安队和保卫团。三县红军约定，十月六日晚，兵分四路进入后树一带；十月七日寅时，以火烧草棚为号，三县红军一起攻打后树。武义西路红军司务长还到武义县要巨村预定会饭一百五十席，到武义县白姆村预定会饭八十席，为攻打后树的红军战士安排十月七日攻克后树后要吃的中饭。三县红军还计划吃了中饭后再攻打少妃保卫团，顺势拿下宣平县城。为保险起见，三县红军还请处州缙云红军参与攻打后树战斗，但缙云红军在后林畈、李村吃中饭时遭驻丽水省保安队袭击，部队被打散，未能参加后树战斗。

十月六日，武义北路红军与金华安地红军在清塘村集中，武义西路红军在破岗山村集中，宣平北营和东营红军在小后陶村集中。各路红军吃过晚饭后集合，每人发两寸宽白洋布一条，扎在左臂作为记号，天黑后整队出发。三县红军约定，以提前派出的侦察员混进后树山上放火为号，同时发起攻击。

当晚正是农历八月十三，中秋夜前夕，月亮明晃晃地映照大地。次日凌晨一时许，从十八湾方向进攻的武义西路红军到达离后树不远的地方时，看见路上有三个穿便衣的人，见到红军队伍逃跑，以为是敌军探子，开枪就打，被省保安队发觉，双方随即在下徐宅一带相互开火。红军提前派进后树的侦察员听到枪声大作，以为总攻开始，便提前放火发总攻信号。宣平北营、东营红军看到信号，立即向长蛇形、西庙下发起攻击，霎时间枪炮声震耳欲聋。守在长蛇形村祠堂里的敌军拼命抵挡，北营红军采用火攻的办法，祠堂里立时浓烟滚滚，守军仓皇而逃。进攻西庙下的红军则遭到敌军的顽强抵抗，省保安队在西庙下两旁竹园垒起石头，守住主要路口。这时圆圆的月亮高照，大地清晰如昼，对红军的进攻极为不利。敌军躲在暗处，能清楚地看到红军，而红军都埋伏在野外，暴露在月光之下。东营红军冲锋时，敌军一排子弹飞来，红军战士当场牺牲了好几个，只得退回长蛇形村。武义西路红军攻打下徐宅也没能取得进展，直到把火药打尽，不得不退出战斗。凌晨五时，武义北路和金华安地红军方赶到战场，攻进桑叶坞村后，发现其他几路红军都已撤退，独木难支，也只得撤出战斗。

此时正是东方欲晓之时，国民党武义县政府获悉驻后树省保安队、保卫团被围，紧急调兵增援，沿途阻击红军；加上守在下徐宅的省防军尾随追击，很多红军被打散。后树战斗，省保卫队、保卫团伤亡十余人，宣平红军牺牲八人。

第十六回
上坦会议遭袭击　三营红军大溃散

　　宣平、武义、金华三县红军攻打后树之前，曾志达已从金华潜伏回到宣平。

　　原来早在九月份，省委派曾志达到金（华）衢（州）严（州）地区恢复浙西特委，由于兰溪、建德等地党组织屡遭破坏，浙西特委未能恢复。曾志达在兰溪、义乌、金华、建德等地整顿地下党组织期间，认真分析了宣平红军队伍的成分、政治思想和组织纪律等各种情况，深感宣平红军在迅速扩展过程中鱼龙混杂，有必要通过召开红军大会，总结战斗经验，进行一次彻底的整顿。

　　回宣平途中，曾志达在俞源村地下党员、两年前就任党的地下交通员的李金洪家落脚，住了一夜。曾志达告诉据李金洪，宣平红军已隶属温州方面的红十三军，鉴于宣平红军人数多、战斗力低下及南营红军覆灭的现实，亟须整顿。次日，曾志达便通过地下交通站，通知北、西、东三营红军，决定在十月九日，安排在上坦村潘氏祠堂召开北、西、东三营红军联席会议。

后树战斗之后，民国十九年十月七日，东营红军副指挥潘土法率东营红军东巨营战士回到上周村，于当天晚上转移到西畈村门宗寺集中。西畈村位于上坦村上游，扼守着从北部进入上坦村的要道。第二天，北营红军指挥邱金隆骑着马，率北营红军战士吹着军号，扛着红旗，排着队到达门宗寺；同一天，东营红军指挥陈祖训也率东营红军上周营战士到达门宗寺。

北营、东营红军共有三百余人，集中门宗寺，把个偌大的寺庙住得满满的。红军驻扎门宗寺，白天不出入，外面站岗放哨，也不准外人进去。当时两营红军商议，北营红军请东营红军到北面的七里弄把守关口，东营红军不愿去，北营红军便向东营红军借了七八支枪，派人把守七里弄关口。当天正是农历八月十五，红军杀了三头猪，又向群众买了冬瓜、毛芋，米、柴由门宗寺支付解决，过了个热热闹闹的中秋节。

十月八日，宣平西营红军指挥郑汝良骑着白马，率领西营红军从遂昌天堂村起程，赴上坦参加会议。大队人马一路浩浩荡荡经弄坑村至松溪村，过陶村时还带走了两个地主的狗腿子，准备带到上坦处决，经过洪村时，天色已晚，老百姓家里已点上灯了，部队当夜到达上坦宿营。

　　十月九日上午，上坦村溪沿两旁的房屋墙上贴满标语，沿溪步哨岗哨林立，宣平北营、西营、东营红军全部集中在上坦祠堂，召开大会。

　　上坦会议的主角自然是曾志达。曾志达认真分析了红军队伍的成分、政治思想和组织纪律情况，鉴于当时宣平红军在迅速发展中混进了少数土豪劣绅的亲信及某些自由散漫、不听指挥的人等影响战斗力的问题，曾志达首先指出："党组织尚未作出统一部署，你们就提早组织暴动，未免行动过早。江西红军武器比我们好得多，目前也受到严重挫折。凭我们土枪土炮搞暴动，未免困难重重，现在是前进不行，后退不得。"接着，曾志达又批评红军战士缺乏组织观念，缺乏军事训练作战时，盲目拼杀，牺牲太多。谈到对待地主政策时，曾志达主张红军不要烧屋，而是要发动农民不向地主交租。曾志达认为，宣平红军现在面临的处境是人马多，给养困难，武器缺乏，战斗力不强，红军人员不宜集中过多，要一面准备办枪，另一面精简整顿红军队伍。曾志达还谈了自己的设想：将北营、西营、东营红军精简整顿成一支五百人左右的精干队伍，向西行动，通过遂昌、松阳、龙泉等地到江西、福建去找毛泽东、朱德，加入朱毛红军，其余人员各自回家，暂时潜伏，做好开展地下活动的准备。

　　曾志达讲完话后，当即在会上动员红军，愿意去江西者留下，不愿去者暂时回家隐蔽。

　　不料，与会的绝大多数人不愿离开家乡，也不愿离开红军队伍回家。原来当时省保安队已在宣平的柳城等地到处设立红军招抚处，招抚红军自首，并开出自首条件：普通红军战士凡自首者，须携带枪械一支上交，并罚交大米一百五十斤；对于不愿自首的红军，宣平各村均已在组织保卫团，疯狂屠杀红军失散人员。各村之间，常见一队队保卫团团丁手持大砍刀，到处捕杀红军失散人员，将头颅挑到柳城去领赏。有时保卫团团丁实在抓不到失散红军，就把过路的陌生人拽来凑数。

会上响起一片反对声，大多数人反对曾志达的提议，有人痛骂曾志达是怕死鬼，是逃跑主义。众议纷纷，一时未能形成决议，邱金隆等人便提议暂时休会，吃了中饭再说。

近千红军战士开桌吃饭，食材倒也丰富，大块肉大碗酒，众人边吃边聊，兴致颇高。曾志达、邱金隆、郑汝良、潘土法、陈玉川等十余位领导人被安排在村里一座三层楼上吃中饭，面对丰盛食材，众人各怀心事。正吃到一半时，忽听得一阵枪声响起，祠堂内外正在吃饭的近千红军战士顿时大乱起来。

原来是国民党密探祝金木带着省防军一个连来到上坦前山，准备偷袭红军，救出陶村那两个被西营红军抓走的狗腿子。省防军知道村里屯住着宣平北、西、东三营红军，不敢贸然进村，便在前山上居高临下，朝上坦祠堂乱开起枪来。

不料歪打正着，混战中一颗子弹把正在祠堂前站岗的红军战士谢根元的下巴打穿了，谢根元顿时成了血人。正在吃饭的红军毫无防备，人心慌乱。邱金隆、郑汝良两人手握宝剑，守在路口，不准红军战士乱跑，要大家沉住气，准备战斗。但此时队伍已乱，近千红军只得分头突围。

曾志达、陈玉川和西营红军排长龚士成、龚永堂冲出上坦村后，向塘齐、赵村方向撤退。到赵村要过溪时，水很大，龚士成便背曾志达过水，龚永堂背陈玉川过溪。进赵村后，曾志达和大家分手，并对龚十成说，一路小心，眼要放亮些，多保重。龚士成因村里已成立保卫团，不能回家立脚，便深夜走山路逃往遂昌山区。曾志达当日避到陈村，晚上在山上避住一夜，第二天由陈村往俞源方向出金华回杭州。

上坦会议后，国民党省防军会同各村保卫团开始疯狂屠杀各路红军。

十月十二日，邱金隆与红军文书潘四妹等人在曾溪村兰新启家召开失散红军会议，策划恢复红军组织。村里地主告密，石峡乡保卫团前来追捕，潘四妹、兰新启、潘富贵、吴树川四人被捕。在押往县城柳城途中，潘四妹坚决反抗，被活活戮死在大院后村坛头脚附近。其余三人被害于柳城北门头，皆悬头示众。

十月十九日，邱金隆、潘土法率五十余名红军到武义的下店、清塘一带，准备和武义大公山红军联合作战。结果在清塘与省防军、保卫团突然遭遇，被打散，红军战士陶潘善、潘舍余等三人牺牲，其余人员四散，有的去严州等地躲避，有的潜回家里隐藏。

十月二十八日，阮芝唐、潘土法、陶新尧等人在一起商议下步对策。有人提出，现在各村都设保卫团，回去也没有生路，不如去严州避避，再设法寻找组织。陶新尧认为，到外地躲避不是办法，潘土法手下还有二十多名红军战士隐蔽在小同村，可以组织他们一起冲过县境，去江西方向寻找红军队伍。大家一致同意陶新尧的意见，潘土法随即通知樊岭脚村部分红军战士一起行动。不料，红军中有变节者向樊川乡保卫团透露了消息。第二天拂晓，保卫团将准备吃了早饭再出发的二十多名红军包围在樊岭脚阳孟桥山岙里，陶新尧当场中弹牺牲，潘土法、阮占来、雷钱林等人亦在突围时牺牲。阮芝唐冲向山顶，跳岩而下，带伤潜回家乡上陶村隐藏。

十二月二十四日，宣平北乡十三个村的保卫团联合搜捕凡岭脚村，北营红军失散人员祝庆训、祝舍朝、祝春旺、祝永品、邹舍孟、吴苏文等六人被抓捕，被害于村大桥外；红军战士祝顺其当时藏在稻草堆里，被保卫团用刺刀扎了十几刀，棉衣被扎破好几个洞，侥幸未被发现而脱险。

宣平北营红军副指挥邹高水在红军失散后，避到汤溪县打工为生。次年七月七日，邹高水在汤溪县童铺村被捕，关押于国民党浙江陆军监狱遭杀害，时年四十岁。

上坦会议后，陈祖训召集东营红军失散人员退到软朝村，怕省防军来搜捕，又转移到上周村小竹蓬自然村。后被人告密，省防军在警长陈祝根带领下，摸索到离上周村一里路的老鼠形山岗，向小竹蓬红军包围射击，红军战士陈国楼、陈新芳、陈太贤被捕，牺牲于上周村大松树脚。

131

十一月上旬，陈祖训将两个红军符号交给红军战士陈大保保管，并对陈大保讲："我要走了，这点东西你先放起来，这是我们革命的依据。我们总会拥有天下的……"随后，陈祖训化名俞陈寿，出走杭州等地。次年四月七日，陈祖训被叛徒出卖，在杭州汇恒旅馆被捕，关押于国民党浙江陆军监狱。同年八月六日，牺牲在杭州清波门凤凰山脚，时年四十三岁。陈祖训牺牲后，国民党宣平县政府及土豪劣绅对其家属进行迫害，将其妻潘刘爱绑到宣平县政府投入大牢。家中鸡犬不留，粮食、家具全部被抢光；留下三个小孩，长子十六岁，次子十一岁，三子九岁，孤苦伶仃，只得靠给地主放牛度日。

西营红军参加上坦会议的同时，留在牛头山上的遂昌、松阳红军也遭到敌人的残酷镇压。十月十日，许樟林、卢子敬率遂昌、松阳红军赴马头村筹集军需供给时，得到密报的国民党省防军埋伏于角头山一带要道上伏击。当许樟林、卢子敬率部返回天师殿时，遭到伏击，红军经三个多小时的激战，奋力突围，边打边退往天师殿，并在天师殿坚守到天黑，然后疏散隐蔽。次日，红军营地天师殿占地面积达三亩的三座殿宇，被国民党军付之一炬，毁为一片废墟，仅存残垣断壁。许樟林率遂昌红军回到遂昌，化整为零。卢子敬、陈凤生率松阳红军撤到松阳赤寿殿岗村一带，后聚集瀑云召开起义誓师大会，准备攻打龙泉县城，遭国民党省保安队弹压失败，红军化整为零，隐蔽星散。

上坦会议后的十来天中，走散的西营红军陆续返回福缘山观音寺集中，准备重整旗鼓。十月十八日，西营红军指挥郑汝良与吴火进、沈才林、傅土法、徐老四五人，秘密来到宣平、遂昌交界的旧处村中共党员林松才家，商议和联络再图武装斗争事宜，不幸被人告密。省防军、门阵保卫团一百余人，连夜前往旧处村追捕。林松才被杀害，林松才的六个儿子从屋后冲向深山隐蔽。郑汝良带领二十多名红军冲出包围，向大坑下村撤退。

晚霞飞逝，夜幕降临。经过在崇山峻岭中几个小时的急行军，这支二十几人的红军小分队已是又饥又饿。走在前头的郑汝良和梅周明、老王三人突然看见山脚冒出一股炊烟，个个兴奋起来，脚底下加快了速度，大坑下村到了。大坑下村只有一户人家。红军住进山脚下这户人家，主人非常好客，烙苞萝饼，煮萝卜片，忙得不可开交。饭后，又在楼上铺好稻草安顿红军睡觉。

第二天拂晓，女主人起来做饭，开门担水，吓得逃回家中。原来，红军进入大坑下时，被一个奸细跟踪，并连夜密报了省防军、门阵保卫团。天亮前，省防军、门阵保卫团包围了这所房子，并用火力封锁了通往后山的道路。

红军进退无路，只得就地还击。省防军、门阵保卫团仗着人多势众，武器好，全不把红军看在眼里，幸好房前是一堵石坎，红军守住大门，把敌人阻在下面。一个敌军官挥舞手枪叫喊："别害怕，他们只有几支打野兔的鸟铳，打不死人，大家快往上冲，抓住重重有赏！"那些士兵被他这一打气，个个号叫着向房子冲来。

郑汝良一听，火冒三丈，咬牙切齿地骂道："打野兔？老子要打野狼！"举起驳壳枪猛烈射击，子弹呼啸着向敌人飞去，一个省防军士兵被打穿了衣袖，一看，吓得惊呼起来："有真家伙，有真家伙！"边喊趴在地上一动也不敢动。边上的士兵一听红军有真家伙，"刷"的一声，全部趴倒在地，连头也不敢抬，生怕被真家伙打中。

原来红军小分队中，郑汝良、梅周明和老王三人手中各有一支驳壳枪，其余的红军士兵都扛着鸟铳。这三把驳壳枪，是遂昌人老王在兰溪当兵时得来的，后来老王带着三支驳壳枪投奔宣平西营红军，送给郑汝良和梅周明各一把。

郑汝良等人乘这千钧一发之际，跳过后门，撤上后山，在三支驳壳枪的掩护下，顺利突围，钻进了丛林。有个红军打趣地说："今天要是没有三支驳壳枪，别说人，恐怕连小鸡都要被捉光。"说得大家哈哈大笑。后来，老王在兰溪游埠被敌军包围，钻进一口水缸里，因当时枪未上子弹，正在上子弹时，被国民党军听见，被捕而枪杀在兰溪游埠。

十月二十七日，留守在观音寺的红军，遭省防军及宣平、遂昌自卫队的包围袭击。红军副指挥邹广春在红花竹园地方牺牲，红军战士谢海山在上水碓村的对门山被"围剿"的省防军打死，红军战士沈明阳在章五里附近被枪杀。其他红军退至荒箬铺山垄，荒箬铺村有小顺、老二两户，当场四人被省防军枪杀。红军退到下田时，郑汝良等红军主要干部歃血为盟：同生

134

死，不屈服，决不投敌当叛徒。

十月二十九日，省防军和宣平保卫团到大河源村，将村里红军战士家中的耕牛、毛猪、木箱、家具、铜脸盆一抢而光，还烧了鲍氏祠堂及鲍振川家七间房屋。

郑汝良避走严州后，与江西方面派来的地下党及隐藏在当地的宣平红军失散人员联系密切，准备再图义举。次年二月二十五日，国民党浙江省高等法院检察院，令浙江各县通缉郑汝良等五十五名宣平潜逃"匪首"，郑汝良排名第一。次年十二月，隐蔽在严州的郑汝良，在东关码头接应武器时被捕，关押在杭州国民党浙江陆军监狱并被杀害，时年三十四岁。

第十七回
叶坑出个邱金隆　吹着号子进城门

　　自上坦整顿会议失散后，邱金隆又秘密组织了曾溪会议和赴武义下店、清塘寻找武义红军的行动，终因白色恐怖笼罩，省防军、保卫团疯狂搜查，难以成功。得了一场大病后，邱金隆与哥哥邱明隆、警卫员邱潘起不得已回到叶坑村。

　　叶坑村当时有三十余户人家，七十多口人，全村有二十七名青年追随邱金隆参加红军，被国民党称为"土匪窝"。国民党保卫团三天两头入村搜山查户口，家是不能住了。

　　叶坑后山三里路处有一座山峰叫牛角尖，牛角尖下有一个隐蔽的石洞。邱金隆在邱明隆、邱潘起的护理下，在山洞里住了半个多月。半个多月中，时常听到村上枪响、哭喊声。邱金隆为此经常坐立不安，他对邱明隆、邱潘起说："革命没成功，累了众乡亲，我金隆怎么办呀！"

有天夜里，邱金隆悄悄地进了村，以柴丛为掩护，很快跑到自己的家门口。他爬到娘睡的房间窗口边，轻轻喊着："娘，我回来了，开门。"

金隆娘这半个月来就是半醒半睡。保卫团天天要抓金隆，做娘的不担忧吗？金隆娘听到喊声，心中大喜，轻声应着："到小门口，我来开门。"不料小门口太紧，一开门便发出"吱嘎""吱嘎"的声响。"金隆进村啦！"保卫团探子在隔壁窗户里发出大声惊叫。霎时，隐藏的保卫团团丁们点燃了火把，包围了金隆家。保卫团踢开房门，楼上楼下壁角弄头都搜了一遍，鸡窝里用棍打，烟囱里用枪捅，连水缸都打破了还不见人影，便喊了一声"追"。

保卫团举起火把，沿路边追边搜，看到刺窝深的、柴篷大的就用标枪戳，用石头砸，边戳边砸边虚张声势乱喊："喏，藏在这儿喽！""喏，藏在这儿喽！"这时，邱金隆正藏在水坑底的一块石板下面，一动不动，周围都长着藤萝，把整个人遮盖得严严实实。保卫团团丁到了跟前，照样边乱喊边用石头扔："喏，藏在这儿喽！"忽然间，一块碗样大的石块砸在邱金隆的膝盖上，鲜血直流。邱金隆忍住疼痛，一声不吭，等保卫团搜查远去了，因无法行走，只得慢慢地爬回山洞。

且说保卫团折腾了一夜，没有抓到邱金隆。第二天早晨，团丁们又进了他家，用刀劈坏屋柱、板壁、门窗，并要点火烧屋。村里有一个瞎眼老婆婆跪下求情说："烧屋害邻舍，求你

137

们积阴德，将来发财成仙。"有几个团丁是邻村人，在叶坑有亲戚，趁机也帮着讲了几句求情话。最后，保卫团把金隆家的瓦扒掉，敲了几杆椽，并把黄豆及其他值钱的东西都抢光。同时也把邱潘起家的瓦扒掉，把棉被、鸡蛋、花生都抢光，还把楼梯头一摞饭碗踢下楼梯打得粉碎。团丁们有的脱下衣服、衫袖一扎，装了花生挂在肩上，有的干脆脱下大脚管布裤，把裤脚扎紧当干粮袋用，装着花生果、苞萝粒满载而归。

当时，保卫团把这次洗劫称为"扫土匪窝"。但是，叶坑村民知道邱金隆藏在附近山上后，有的人上山砍柴，或拔猪草、看牛，都随身带着干粮，团丁们问时就说是带上山当午饭，当点心吃，其实他们都是寻找邱金隆，要把这些食物留给他吃的。

邱金隆住在洞里，因饥饿和伤痛，加上伤口恶化，身体一天天虚弱了。金隆娘见不到两个儿子，心里焦急万分。她想起有一次金隆、明隆兄弟俩争吵时，说牛角尖的石洞有多大，是不是他们会藏在那儿呢？金隆娘带了几块番薯前往牛角尖，见到三个年轻人在一起时，高兴得流下了眼泪。她把番薯皮剥了，切成片块给他们吃。以后，她每天往这儿送一次饭，还把蓑衣、箬帽、小铁锅也带去。邱金隆他们半夜就烧好第二天的饭，没有人能够看到烟火。他们三个一起分析这次失败的原因，总结教训，准备伤好以后，重整旗鼓继续干。

叶坑村周边有大小岩洞十多个。后来，为了裹小脚的金隆娘送饭方便，邱金隆三人搬到离村子近一些的章子源水坑石岩花岩洞躲藏，离村只有两里路远。

金隆娘每天送饭送菜，被团丁王旦法看出了破绽。王旦法悄悄跟踪，有时还爬到一棵柏子树上探望。经过几天探察，他终于发现邱金隆这几天隐藏在叶坑后山脚章子源水坑的石岩花洞里。王旦法赶紧报告了保卫团。

这天晚上九点多钟，天黑得伸手不见五指，保卫团两百多人循着章子源水坑，悄悄地包围了石岩花岩洞。当时邱金隆受伤的膝盖肿得像结棚的棕榈树一般大，无法行走，也无法坐立，正躺在洞里睡觉。有两个团丁突袭抱住了明隆、金隆兄弟俩，匆忙间，邱金隆想开枪，一个团丁用木棍敲下手枪，把两人五花大绑捆起来。石岩花岩洞极小，只容得下两个人躺，邱潘起睡在山冈上的一块石板上，幸免于难。

邱金隆兄弟俩被捕后关在村保卫团部。第二天早晨，保卫团吹号打鼓，押着邱金隆兄弟俩到宣平县城柳城报功领赏。经过家门口时，邱金隆对号啕大哭的老娘说："娘，不要哭，十八年后我俩又成一个大后生！"拖着一条伤腿，硬是走了几十里山路。走到郑回村时，离柳城只有五里路了，路两旁观者如潮，保卫团的号子吹得更响了，邱金隆却站住不走了。他大声对吹号手说："你们号子吹得多难听，让我自己吹。"

保卫团丁没有办法，只好给他松绑，由几个壮丁押着，随他自己吹着铜号进城。邱金隆拿过铜号边走边吹，还大声叫喊："我是红军头目满满，大家来看看啊！"脸上毫无半点惧色。满满是邱金隆小名，路旁观者听了，无不投以敬佩的目光。后来，宣平人这样传唱："叶坑出个邱金隆，吹着号子进城门；杀头枪毙都不怕，红军头领称英雄。"

当夜，邱金隆关在监牢里，还对战友们说："如果叫你们去过堂审问，要坚强些。别人都不要供出来，只要说我一个就行。我们死后出世再干！"

兄弟俩被捕后没几天，敌人先枪杀邱明隆等十六名革命者。那一天，宣平县城的北门头田塍上，邱明隆等十六名革命者高喊着"打倒国民党反动派""共产党万岁"的口号，被敌人杀害。敌人残酷地把他们的头颅挂在南门、东门、北门城楼上示众。邱明隆又名祯淦、永隆，与胞弟金隆同时加入中国共产党，曾任宣平东营红军副指挥，牺牲时年仅三十六岁。

在狱中，邱金隆受尽严刑拷打。邱明隆死后没几天，敌人开庭审判邱金隆，法官问："你骑过白马，使用双管手枪吗？"

金隆答："不错。现在我如果骑在马背上，叫你趴在地上不敢动。"

法官问："你的部队有多少兵员？武器多少？流窜过什么地方？"

金隆答："你挑一担米糠撒在溪中，糠随着水走。我的兵有撒下的糠一样多。铁打的营盘流水的兵，就差没把你捉住。"

法官大怒："你胆大包天，死到临头还嘴硬，我叫你快点去死！"

金隆昂首答道："砍头不要紧，十八年后又是一个大后生！那时我还要同你们干！"

法官气急败坏："死刑，立即处决！"

临刑时，敌人捆绑金隆游街示众，他面无惧色，沿路高呼："革命不怕死，怕死不革命。过了十八年，又是大后生！""共产党万岁！"

邱金隆牺牲了，时年二十八岁。他的头颅被挂在宣平县政府大门楼墙壁最显眼的位置，悬挂示众三天。他张着嘴，半睁着眼睛看着远方，似乎在等待革命胜利的消息。

第十八回
共产种子播宣平　星火燎原再起营

上坦会议中途遭袭后，曾志达回到杭州。民国十九年十一月，曾志达奉省委之命，在兰溪石渠一带建立了中共兰北区委，并建立了石渠桔香炉药号、兰溪城内华成烟草公司和建德城内震泰衣庄三个通讯处。

第二年初，曾志达遵照中共中央指示，在兰溪北乡建立了中共兰溪中心县委，领导兰溪、义乌、金华、永康、武义、宣平、建德、松阳、遂昌、龙游、衢州、桐庐、浦江等十三个县党的工作。

到了三月，兰溪中心县委被敌破坏，党中央把曾志达留在上海，担任沪西区委组织工作。十二月十四日下午，曾志达出外联络一位同志，路过小沙渡路时，突然身后传来："尚志！

尚志！"的叫喊。"尚志"是曾志达的小名，曾志达听了，不由停下脚步回头寻音。突然，几个便衣特务涌上来，不由分说将他扭走。原来，是叛徒出卖了他，曾志达被捕了。不久，他被解回杭州，关押在浙江陆军监狱。

在狱中，曾志达是浙江共产党中重要地位的政治犯。国民党千方百计引诱他自首，要他登报脱离共产党。这一切，遭到曾志达的严厉拒绝。敌人见软的不行，就施用种种酷刑。有一次，敌人将一块烧红的烙铁从他肩背上慢慢地一直烫到屁股，皮肉被烧焦滴出肉油，曾志达咬破嘴唇，鲜血直流，始终不透露党的机密。

曾志达离开家乡两年有余，从不给家里写信，也不回家，就连到上坦整顿红军，离家只有十五里路，也未回过家。直到被捕后在狱中，他脚锁大镣，手戴重铐，忍受刑伤的剧烈疼痛，才先后给家里写了八封明信片，告之被捕情况和狱中生活，嘱咐父亲、妻子节哀。

这是曾志达在狱中寄给妻子的第一封信。

淑仪姊：

在(外)二年才给你写信，已不知道我的生死了。

现在我告诉你：在十二月十四号下午，(伪)省府人到上海英(租)界康脑脱路(我)被捕。二十四号解杭，在杭牢生活很苦……你替我叫人买一本日文文法。有趣味的小说也寄我几本。

143

曾志达嘱咐妻子要坚强地活下去。从信中看出，曾志达对革命充满信心，坐牢就是苦一些，但可以多学习，而且还要学日文。

牺牲前五个月，曾志达仅穿着一件薄衬衫度过了最寒冷的冬天。

民国十七年年关曾志达匆匆离开宣平前往杭州、上海避难时，妻子淑仪已怀着七个月身孕，两人此后没有见上一面。到了曾志达被捕入狱时，淑仪带着两个幼子，无法前往杭州探监。但为了救丈夫，她还是散尽了家财，雇了人带着凑出的银圆和东西，挑着担子赶去杭州国民党浙江陆军监狱疏通。回来时，担子里空空的，东西都没了，但曾志达也并没有收到任何物件，都被监狱牢头贪掉了。志达什么也没有多说，只托来人给妻子带回一句话："已经扶上马了，再没有回头路了。"

探监时能交流的并不多，来人还给淑仪讲了一件事，淑仪听了心疼不已。十二月底是一年中最冷的天气，曾志达在狱中却还只穿着一件薄衬衫。直到来年三月，曾家另一名亲戚路过杭州去探望狱中的曾志达，再见时他依然穿着同一件衬衫，这也是家人们最后一次得到曾志达的消息，不久他就在杭州松木场牺牲，牺牲时年仅二十六岁。

淑仪生前，但凡提到曾志达，总是未语泪先流。

国民党当局对于红色革命者的家人采取"连坐制"。民国十八年初，曾志达的家已被抄了一次，他家的门也封了。曾志达再次被捕后，家中房子再次被查封。

曾志达被捕后，淑仪一个小脚女人挺着大肚子、带着年幼的儿子维明在外流浪。外面人叫她'强盗婆'，夫家赶她出门，娘家不能回，村上谁家也不敢收留。有相熟的老乡劝她，把孩子扔了你自己逃命改嫁去吧。她只回人家一句话："我再怎么穷也要把志达的两个儿子带大。"

潘漠华离开家乡六年后，在担任中共天津市委宣传部部长任上，生平第四次被捕。在天津国民党监狱中，遭狱警浇灌滚烫的开水而惨烈牺牲，时年三十二岁。

陈俊在杭州华英旅馆被捕后，解柴木巷拘留所关押。当时闹得杭州满城风雨，因为中共浙江省委预备发动浙江总暴动，杭州发现"飞行集会"数起，都是中共中央巡视员卓兰芳领导的。陈俊被捕后，国民党当局认为陈俊用上海洋行职员名义到杭州，可能就是中共中央巡视员卓兰芳。事有凑巧，卓兰芳确实被捕了，也是关押在柴木巷拘留所，化名商人李贤德。这时宣平县江山区委原书记谢玮在金华被捕，解送杭州，也关押在柴木巷拘留所。陈俊从谢玮处得知，吴谦在兰溪被捕牺牲了。

卓兰芳在柴木巷拘留所关在大笼子里，陈俊关在小笼子里。叛徒蒋先平在狱中先来认陈俊，见了面后说不认识。然后在大笼子里看见李贤德，说李贤德就是卓兰芳。卓兰芳随即被押解浙江陆军监狱，不久牺牲。

第二年，经军法会审，陈俊被判刑五年，入陆军监狱关押。民国二十三年八月刑满出狱，民国二十八年出任宣平县保华乡乡长。新中国成立前，陈俊接受中共丽宣工委张子清、陈仿尧领导，在溪口村盘龙坞召开会议，策划宣平县上层国民党人物起义，在新中国成立后参与宣平县政府接管工作。一九五三年以"叛徒、反革命罪"被捕，判刑五年。一九八五年，浙江省高级人民法院撤销原判，宣布陈俊无罪。同年七月，落实政策为离休干部。次年，陈俊逝世，享年八十五岁。

潘振武在杭州城头巷再次被捕后，关押于浙江陆军监狱。民国十九年被判刑十一个月。次年六月由国民党浙江省反省院指定时任国民党浙江省党部委员姜卿云作保，写自首书出狱。新中国成立后，潘振武任教于武义中学，一九五二年参加华东军政大学浙江分校学习时被判刑，送杭州乔司劳改农场改造，劳改四年半后由友人保释提前出狱回上坦老家务农。一九八二年，潘振武案撤销原判。浙江省委组织部、省党史研究室派人到上坦村落实潘振武平反后的政策问题，并作出评价："潘振武是我党早期的一名优秀共产党员，与冯雪峰、郭沫若等老一辈革命家一起，为我党做了大量卓有成效的工作。由于被叛徒出卖被捕，关押在杭州陆军监狱，在狱中受尽敌人严刑拷打。但他始终坚贞不屈，保守党的秘密，保护自己的同志，和敌人展开英勇不屈的斗争。"此时距潘振武去世已有五年之久，潘振武享年七十三岁。

俞契琴避难离开宣平后，在杭州一带隐名埋姓，以教书为生，民国二十年逝世，时年二十七岁。

阮芝唐在樊岭脚阳孟桥山岙里跳岩而下，带伤潜回家乡上陶村隐藏后，一直务农为生，一九八六年逝世，生前享受红军失散人员待遇，享年七十九岁。

宣平红军失败后，两千余名红军战士死的死，伤的伤，坐牢的坐牢，避走外地的避走外地。被捕的宣平红军战士，一部分解送杭州，关押浙江陆军监狱，大部分死于狱中；一部分关押在宣平县政府大牢。

民国二十五年中秋节前夕，中国工农红军挺进师师长粟裕率挺进师二、三纵队一百五十余人，攻克宣平县城柳城，打开监狱，释放了被关押的八十多名囚犯。这些囚犯大部分是民国十九年被捕的红十三军浙西第三纵队的红军战士。释放后，很多红军战士当即参加了挺进师，跟随粟裕师长投入新的战斗。

宣平北营红军战士陈发祥被捕后关押在宣平县政府大牢。在狱中，陈发祥依据邱金隆闹革命的故事编写的《红军歌》，曲调仿《孟姜女》，在宣平地区流传十分广泛。二十世纪六十年代，叶坑村老人都会唱上几句。

红军歌

正月茶花开得盛，志达漠华到宣平，

秘密宣传闹革命，主张革命起红军。

二月惊蛰春风吹，金隆年方二十八，

担任北营总指挥，营盘想扎羊虎坪。

三月时光是清明，春耕下种正当紧，

147

生产自救种苞萝,待到七月再扎营。

四月夏季早到来,土豪财主要倒霉,
各方红军打土豪,抗缴钱粮不轻饶。

五月会聚读书洞,商量办法打白军,
夜袭俞源保卫团,胜利凯旋羊虎坪。

六月荷花水上漂,王湘金隆叶坑到,
祠堂坐满革命军,溪口财主不安宁。

七月有个七月半,正式扎营羊虎坪,
改称红军三纵队,有党领导方向明。

八月桂花遍地香,红军联络是王湘,
上坦开会遭暗算,坚贞不屈拒投降。

九月菊花满山黄,红军战士泪汪汪,
金隆兄弟被杀害,革命力量受创伤。

十月好似小阳春,反动县长假安民,
失去联络军心散,红军队伍遭摧残。

十一月到天变凉,白色恐怖实猖狂,
红军到处被追捕,化整为零暂潜藏。

十二月里雪花飘,过年想念金隆郎,
红军时刻盼天亮,星火燎原打胜仗。

后　记

　　有关家乡宣平红军的故事，懵懵懂懂的时候就曾听父老乡亲们叙说过。那时候，只知道家乡的许多红军被砍了头，头颅就挂在柳城县政府门楼上示众。还曾经跟随长长的祭拜队伍，在清明节到吴谦墓前，为烈士扫墓……这些零零碎碎的记忆，在我幼小的心灵里，留下了一辈子也不会抹去的残酷印记。

　　真正了解家乡的这支红军队伍，是在自己成为地方党媒工作者以后。家乡红军的悲壮历程，超出了我以往的所有认知。我实在想不到，以"宣平老实"闻名浙南的朴实乡民，会干出如此惊天地、泣鬼神的英雄壮举。二十多年来，我几乎跑遍了宣平红军战斗过的主要遗址。我曾经站在三岩寺山洞边缘，俯瞰脚下刀切般数百米高的悬崖峭壁，回想一九三〇年九月那个阴雨绵绵的下午，一百多名红军战士义无反顾跃下眼前这万丈深渊，无一人投降苟生的悲壮往事，不禁仰天发问：是什么信

149

仰支撑着家乡红军战士如此大义凛然，如此视死如归？

采访上坦会议遗址时，我也曾经扼腕叹息：假如当年曾志达的提议通过，家乡的五百子弟兵前往福建、江西，找到了朱毛红军，那又会是一段怎样惊心动魄、波澜壮阔的历史啊！可惜，历史不能假设！

今年是中国共产党百年华诞。在武义县政协、武义县退役军人事务局、武义县柳城区域联盟、武义县王宅区域联盟等单位的支持下，《宣平溪畔》终于要正式出版，这除了是对自己多年的心愿有了一个交代，更为重要的是对家乡的这段红色历史有了一个比较圆满的交代。

《宣平溪畔》的正式出版，还得益于武义县党史研究专家陈祖南先生、吴钟文先生等一大批新老朋友的大力支持、帮助，谨此表示最大的谢意！

忘记过去意味着背叛。让我们记住为新中国的建立浴血奋战的宣平红军（红十三军浙西第三纵队）全体将士！

再次向武义县政协、武义县退役军人事务局、武义县柳城区域联盟、武义县王宅区域联盟等单位表示感谢！

陶鸿飞

2021年4月12日